Víctor Grippoli, Joaqu
Díaz, Poldark Mego, Je
Capurro, Israel Mont

Líneas de cambio

Antología de ciencia ficción latinoamericana

Editorial Solaris

Diseño de portada e ilustración, logos y selección: Víctor Grippoli

Ilustración interior: Joaquín Ayala

Corrección y diagramación: Narelle Cioli

Ilustración de Joaquín Ayala

ÍNDICE

El segundo vuelo
(Una aventura de Arón Andesban)

Víctor Grippoli

La estepa kazaja, con su habitual desolación y magnificencia, se observaba recortada por la inmensa mole de la torre de despegue del sistema *Energía-Burán*. El cohete gris, de forma rechoncha y acompañado por sus cuatro impulsores secundarios, esperaba ansioso a los dos cosmonautas que se aproximaban lentamente. En la espalda del colosal sistema de lanzamiento soviético se encontraba el blanco y orgulloso transbordador *Burán*. Aquel proyecto faraónico había nacido por el miedo provocado ante las supuestas prestaciones militares de la contrapartida americana. ¿Realmente lo usarían para bombardear desde el espacio? Era mejor prevenir que curar. La nueva estación láser Skif-A-U1 aguardaba en el cosmos para ser recargada y la misma contenía un par de sorpresas que los enemigos occidentales no esperarían.

Para Igor éste sería su tercer vuelo como comandante de una lanzadera. Era un veterano del espacio con apenas cuarenta y cinco años. En su enjuto rostro moreno no se marcaba preocupación alguna. Sabía perfectamente lo que tenía que hacer. Comprobó que todo estuviera perfecto en su traje de presión Strizh y luego giró y observó los arreglos de su compañero.

—Vladimir, ¿está todo en orden?

—Perfecto. Todo muy bien. Esto parece enorme en comparación con las *Soyuz*. Estoy ansioso —pronunció el bello muchacho rubio, ya que éste sería su segundo vuelo en una lanzadera como piloto.

—¡Novatos! Ya te acostumbrarás. Esto no es más que un tour de rutina. Mira, éste cacharro hasta aterriza solo. ¡Te aseguro que los yanquis se mueren de envidia al ver los videos en la central de la CIA!

—Tienes razón. Deben estar verdes del odio.

—Ahora concentrémonos. Tenemos una estación gigante que rellenar.

El despegue no tuvo problemas. La mole del impulsor gigante se elevó sobre un torrente de fuego y humo. Luego, el alado aparato blanco, se desprendió del *Energía* y comenzó su inserción orbital. Todo seguía perfecto, un vuelo más de esa década gloriosa de la expedición espacial propia de los años noventa. Después del cisma del partido y la renuncia de Gorbachov muchas cosas habían cambiado. Al fin la corrupción había terminado, ya no faltaban alimentos y las mafias fueron erradicadas. Las cosas volvían a ser como debían, pero el miedo de una confrontación espacial con la otra superpotencia era una amenaza cada vez más tangible. El gobierno americano había desplegado varias estaciones láser terroríficas llamadas Zenith Star dispuestas a atacar satélites soviéticos.

El *Burán* terminó su ascenso y se colocó en el plano específico para atracar en la estación de combate Skif. Mañana, a la hora de Moscú, estarían cerca de su objetivo.

Vladimir revisó la secuencia de acercamiento, todo parecía ir a las mil maravillas. Dentro de poco llegarían junto a aquella cosa parecida a un tridente que pesaba noventa y cinco toneladas y que poseía un láser de dióxido de carbono para cegar satélites, además de una nueva arma secreta capaz de pulverizar al enemigo si se acercaba a investigar en demasía. La Skif estaba unida a un módulo FSB de punta cónica, derivado de los FBG que se acoplaron con las estaciones espaciales Salyut. El FSB poseía veinte motores de orientación y estabilización más otros dieciséis de ajuste fino. Todo esto estaba acompañado por dos paneles solares a los laterales del navío.

Igor señaló un puntito brillante en el cielo azabache: era la estación. Poco a poco, el *Burán* se fue acercando a la masa de treinta y siete metros de largo.

Siguiendo el mandato del comandante, el joven piloto de lanzaderas abrió las compuertas de la bahía de carga. Adentro estaba el módulo para engancharse con su objetivo.

—Comandante, estamos alineados. A su orden comenzaré el acoplamiento con Skif.

—Perfecto. No perdamos tiempo. Comencemos, tenemos que rellenar los depósitos de gas. ¿Puedes creer que sea tan bella una máquina creada con el fin de destruir?

—Su propósito no es el correcto, pero ahora no tenemos otra opción. Lo sucedido en la gran guerra patria no puede repetirse.

—Cierto… todo lo hacemos por esa razón. —El rostro de Igor se convirtió en una mueca con dudas muy profundas.

La lanzadera blanca logró conectar su puerto de atraque, situado en el centro de su módulo interno que se alojaba en la bahía de carga con la estilizada estación. Ambos tripulantes se dirigieron inmediatamente a la parte posterior para realizar una comprobación visual por las ventanillas del artefacto. No lucía daño alguno. Comprobaron los indicadores de los gases para los láseres y comenzaron a rellenarlos. Toda la secuencia era completamente automática. Ellos estaban para supervisar y actuar en caso de alguna incidencia peligrosa.

Cuando ya estaban por terminar la operación y se disponían a tomar un refrigerio, los cansados cosmonautas sintieron el sonido de la alarma de proximidad. ¿Acaso algo venía hacia el *Burán*?

—¡Vladimir! Debe ser un satélite americano. Suelta la Skif. Es nuestra única esperanza de defensa.

—¡Entendido! Ya está cargada y operativa. Voy a liberarla. Vamos a la cabina, quiero ver contra qué nos enfrentamos.

Ambos hombres flotaron en la ingravidez hasta las ventanillas delanteras de la lanzadera. Inmediatamente, comenzaron a buscar algo que detectara a la estación enemiga.

—Igor, ¿ves algo? Aquí no hay nada.

—Por todos los santos… es gigantesco… no puede ser hecho por el hombre… —Vladimir se acercó a la ventanilla del comandante para observarlo con claridad.

Aquello no era un satélite armado, era una nave estelar propiamente dicha. Tenía una forma verde y bulbosa. Estaba dañada, ya que mamparos enteros lucían hechos pedazos. Poseía varias antenas sobre el casco y sendos cañones en la parte delantera. Algo grave debía estar sucediendo adentro, ya que no disparaba pero se aproximaba en un curso peligroso. En ese instante apareció en escena la estación soviética. Disparó el láser para cegar los dispositivos de seguimiento enemigos y acto seguido, al ver que se acercaba en demasía a la posición de los artefactos hijos de la revolución, disparó el otro láser secreto de defensa.

La nave se sacudió ante el impacto y una sección entera ardió con fulgor rojo. Acto seguido, los cañones enemigos situaron a la Skif y la redujeron a cenizas. Nada quedó de ella, ni siquiera motas de metal que pudieran dañar al *Burán*.

—¡Mierda! Debemos irnos. Nos van a hacer papilla los extraterrestres. ¡Vladimir, sácanos de este curso de colisión!

—Enseguida. Estoy en eso. ¡Tampoco puedo comunicarme con el comando de misión!

Mientras introducía las secuencias en el ordenador, una figura humana de traje rojo blindado, de cabello rubio y con una cicatriz en el rostro se hizo visible en la cabina. En su mano portaba una pistola de grandes proporciones y estaba envuelto en una capa marrón claro.

—Soy Arón Andesban, portador de las *Líneas de cambio*. Ayúdenme, valientes guerreros cosmonautas. Estoy luchando en el navío alienígeno que tienen delante. A bordo hay un prisionero, si este muere o nuestros enemigos lo llevan a sus sistemas natales la destrucción de la Tierra y de ésta realidad está asegurada. Deben colaborar conmigo hasta que mi compañera aparezca en este plano. El destino del mundo está en sus manos… Hay un hueco en el costado derecho de la nave, es la bahía de entrada. Ya he matado a todos en ese sector. Si el *Burán* se aproxima, la computadora lo hará descender sin problemas.

Luego, la visión desapareció dejando atónitos a los dos hombres. El comandante se recuperó rápido y tecleó una clave secreta en un compartimiento de la cabina. Se abrió una blanca puertecilla dejando a la vista dos armas automáticas y varios cargadores.

—Es todo lo que tenemos… Toma, ahí va la tuya. No podemos dejar a ese hombre solo si es verdad lo que dice —le arrojó una pistola a Vladimir mientras flotaba hacia el asiento del comandante.

—Sabes que es un riesgo gigantesco. Destruyeron en un instante lo más avanzado de nuestra tecnología.

—Por eso mismo. Imagina si hacen un pacto con los americanos. Tendrían en su poder una flota entera de esas naves repugnantes y nos aplastarían en un santiamén. No escaparemos… vamos a entrar a ayudar. ¿Estás conmigo?

—¡Como siempre! Voy a cambiar el rumbo. Buscaré esa bahía de entrada.

—¿Seguimos sin poder entablar contacto con la Tierra?

—Estamos incomunicados. Deben tener algún inhibidor.

—Hay que proseguir, no hay otra opción.

El *Burán* voló encima del lateral de la nave y halló el hueco alargado que era la entrada. Inmediatamente la secuencia automática activó el rayo tractor y el transbordador se terminó posando sobre sus trenes de aterrizaje junto a otras extrañas espacionaves provenientes de diversos rincones del cosmos.

Igor y Vladimir sintieron temor por los cadáveres en el suelo de metal. Estaba claro que había oxígeno respirable, aquellas cosas grises eran bastante semejantes a un ser humano, pero... ¿y los patógenos desconocidos que podía haber allí? Dejaron de pensar en nimiedades científicas y abrieron la escotilla con las armas en la mano, bajaron y se ocultaron detrás de un grupo de cajas con carga. Sintieron frío. Llevaban los trajes de a bordo y éstos no estaban diseñados para un combate en un crucero extraterrestre.

Escucharon varios disparos y luego una explosión bastante considerable.

—Vlad... ahí debe estar nuestro amigo. Pongámonos en marcha.

—Espera... mira los cadáveres. Tienen algo en sus carnes: supuraciones, bultos. Están enfermos o mutados —el joven recorrió con la mirada aquel cuerpo flaco y humanoide tan brutalmente afectado.

—Parece que estaban bastante sanos para empuñar un arma. Ya le preguntaremos a Arón, si lo hallamos con vida... no pierdas tiempo.

Corrieron por el pasillo con marcas de disparos y luces rotas. Al parecer Arón había sido capaz de dar cuenta a un número muy considerable de rivales. Subieron dos juegos de escaleras y recorrieron una sala llena de terminales holográficas. Al llegar a una conjunción de un grupo de pasillos circulares hallaron al caballero de traje rojo y con su característica cicatriz en su ojo.

Se arrojó hacia un costado evitando una descarga de plasma y respondió con una extremadamente certera secuencia de disparos que cegaron la vida a tres «cambiados». Luego avanzó unos metros y disparó hacia una esquina supuestamente vacía. Un droide de combate estaba invisible, al recibir la carga en su coraza perdió su camuflaje. No se quedó a combatir, sino que usó sus cuatro patas de acero para trepar hasta el ducto de ventilación y perderse en su interior.

Arón guardó su pistola en la funda de cuero y ajustó su capa marrón.

—Ya pueden salir. No hay peligro… de todas formas hubiera sido bueno un poco de ayuda. —Igor y Vlad se le aproximaron. El trío intercambió saludos.

—Arón… explícanos que sucede… hace unos minutos estábamos en una misión de rutina, ahora estamos inmersos en una especie de guerra galáctica…

—Yo provengo de otra dimensión y tiempo muy diferente al de ustedes. Por diversos motivos terminé en un planeta lejano donde encontré un artefacto vivo que fue creado por una raza antigua. Ese aparato tiene el poder de crear y destruir la vida. Mi compañera y yo lo escondimos en un lugar muy lejano, pero llevo una parte conmigo… tiene un poder limitado pero su ayuda es inestimable. —Arón les enseñó la parte interna de su antebrazo derecho donde un extraño chip de unos catorce centímetros lucía adherido a su piel—. Estos cadáveres de aquí son «cambiados»… les recomendaría que tomaran un par de sus armas, aquí sus balas no serán muy efectivas. Los «cambiados» han sido mutados y poseídos por el poder de un Gris. Duermen durante eones en sus sarcófagos espaciales y resucitan con la esencia vital de los asesinados por sus seguidores. Ignoro muchos detalles sobre ellos. Pero sé que quieren las *Líneas de cambio*…

—Pero… ¿y dónde entra la Tierra y nosotros en todo esto? —le preguntó Vlad.

—Yo cambié la historia de su dimensión, si la Unión Soviética caía, la guerra armamentística se detendría y los «cambiados» tendrían la oportunidad de destruir su mundo. Debía evitarlo. Observé otros planos y la Tierra resistió… Para ello, usé la ayuda de un arcturiano que se encuentra preso en esta nave. Mi poder está casi agotado, ustedes aparecieron en escena y los llamé aquí. Tenemos que llegar al centro de comando, salvar a mi amigo y descubrir qué ha sucedido con Zabira.

—¿Y la sala de comando está…? —le dijo Igor ya con la nueva arma empuñada.

—Derecho por este pasillo… pero debo advertirles que siento la presencia de un Gris. Está por despertar o ya lo ha hecho…

—Terminemos con esto. Quiero a esta nave destruida. Los americanos deben estar mirándonos con sus telescopios en todo momento, relamiéndose por capturar esta tecnología. ¡Sigamos adelante!

Los tres siguieron por el pasillo hasta llegar a una puerta custodiada por varios guardias. Igor fue el primero en abrir fuego de forma precisa con la calidad otorgada por los años de entrenamiento. Dos de los «cambiados» cayeron muertos en el acto. Los otros cuatro contraatacaron, Vlad pudo terminar con uno que llevaba varias protuberancias en su cráneo, fruto de la mutación. Arón sin siquiera pestañear termino con el resto.

Se acercaron a comprobar si la puerta de acero de doble hoja estaba cerrada. El caballero de rojo conectó un pequeño ordenador holográfico para abrir el bloqueo.

—Llevará unos instantes. Cuidado cuando abra, van a dispararnos.

—Me siento un poco extraño con la gravedad. Es un poco mayor que la terrestre… —acotó el joven piloto ruso.

—Es cierto, es apenas mayor en su mundo natal… una raza entera destruida… esclavizada por el Señor Oscuro.

Las dos puertas abrieron con un siseo, una andanada de disparos provino del interior. Los tripulantes del *Burán* se protegieron en sus laterales, Arón arrojó una granada lumínica, luego se escucharon alaridos espantosos de los enemigos.

Entraron disparando y causando estragos en las filas contrarias. Los «cambiados» no esperaban tres hombres versados en las artes militares.

Comprobaron que no quedara ninguno con vida. Luego Arón se acercó a una camilla donde estaba un pequeño ser dormido y activó una secuencia en los controles del lateral. El hombre carecía de cabello en su cráneo. No superaba el metro sesenta de altura y llevaba un mono negro de cuero ajustado al cuerpo. La piel del extraterrestre era amarillenta y poseía un resplandor extraño.

Sedaron al arcturiano. Estaban esperando que terminara la lucha para interrogarlo y era seguro que no iba a ser de una forma simpática.

—Los «cambiados» son maestros de la tortura. Lo puedo decir por experiencia propia. Ésta cicatriz es su legado. La llevo como recordatorio de aquella vez…

El pequeño ser de cráneo alargado abrió los ojos y habló usando el poder de su mente. Los tres percibieron las palabras dentro de sus cerebros.

—¡Arón! Has venido a rescatarme… y no estás solo… son dos humanos… sí, lo veo todo dentro de sus mentes. ¿Dónde está nuestra querida amiga? ¿Y tu nave?

—Reducida a chatarra, eran demasiados cazas enemigos. Cuando me impactaron sucesivas veces me dejé capturar para llegar hasta ti. Nuestra compañera púlpida está por llegar… eso espero, si no tendremos que escapar en el primitivo aparato terrestre. Con suerte podremos aterrizar sin que nos maten a todos.

—¡Oh! La siento llegar. Está atravesando los velos que separan las dimensiones. La persiguen. Vayamos al ventanal. La veremos entrar en el espacio físico.

Los cuatro se dirigieron al alargado ventanal de la sala y observaron un lejano estallido de luz. De ésta surgió una nave violácea de forma alargada con cuatro puntas largas en su parte trasera: era la cosmonave de Zabira. Instantes después se hicieron visibles los cazas de los «cambiados» con su característico color verde y con varias bulbosidades en su casco.

Inmediatamente comenzó a entablar combate con los mismos, los disparos no eran visibles por la distancia pero pudo acabar con ellos en instantes.

En ese momento, se hizo presente una figura que superaba los dos metros treinta de altura, sus ojos eran dos pozos sin fondo y tenía una maldad inenarrable y antigua, propia de las antiguas razas galácticas que se negaban a desaparecer de la historia. Carecía de ropa alguna, sus miembros eran largos y sus manos rematadas en garras.

—¡Arón Andesban, de nuevo nos encontramos! Pero esta vez será la última. Lo juro. —Los dos «cambiados» dispararon y los rusos respondieron vehementemente; Igor cubrió al arcturiano que carecía de toda habilidad de combate.

Sin decir palabra, Arón activó el poder de las *Líneas de cambio* y de sus manos brotaron rayos de poder, el Señor Oscuro pudo esquivar las primeras ráfagas con ágiles saltos.

Los «cambiados» avanzaron y Vladimir les dio muerte con dos certeros disparos, pero Igor lucía una profusa herida en su pecho, se había colocado como escudo para proteger la vida del alienígena…

Arón apretó los dientes al observar el suceso e hizo emanar de nuevo la primigenia energía de la que era portador.

Esta vez, su rival no pudo evitarla y quedó sujeto por la fuerza absoluta de las líneas. El Señor Oscuro gritaba y de su boca comenzó a surgir espuma violeta. Arón extendía la mano derecha usando todo el poder que le quedaba, pero… no era suficiente… aquella cosa gris logró incorporarse y respondió con una andanada de energía negra que golpeó al caballero hasta hacerlo estrellarse contra la pared de acero.

—¡No hay escapatoria, portador de las *Líneas*! ¡Eres mío!

Se sintió una fuerte explosión, algo había logrado entrar a la nave. Un ser parecido a un pulpo gigantesco con sendas pistolas en cada uno de sus tentáculos abrió fuego sin detenerse. Debilitado por el poder de las *Líneas*, el terrible enemigo no pudo resistir la andanada de las armas forjadas en los crisoles de las estaciones estelares de los seres púlpidos. Con un grito angustiante, el portador del mal abandonó el plano físico que había habitado durante milenios. Al fin había muerto…

Zabira cambió de forma y se transformó en una mujer de una belleza incomparable ataviada con un bello y largo vestido blanco.

—¡Arón! ¿Estás bien? —pronunció mientras ayudaba al caballero de rojo a reincorporarse.

—Sí… estoy bien. No logró dañarme, pero… el humano está herido.

—Tendremos que irnos en mi nave. Durante el combate con los cazas impacté en la sección de motores, esta corbeta tiene los minutos contados.

—Arón… Igor está muriendo… —les dijo Vlad con el comandante entre sus brazos.

—Déjame aquí… tendré una muerte de guerrero… vuelve a la Tierra y avísales de la amenaza que enfrentamos. Vladimir, tienes el destino de nuestro planeta en tus manos. Deben unirse todas las naciones, no deben importar las ideologías, las doctrinas económicas… que el sacrificio de nuestros amigos y el mío valga la pena. Seguramente no era el segundo vuelo que esperabas, ¿no?

—No… no lo era. Pero tuve el honor de hacerlo con un hombre que admiro y que lo dio todo por sus creencias. Te recordaré siempre, Igor… —Se tocaron las manos y acto seguido el comandante dejó de existir.

—Tu amigo dio la vida por mí… —comunicó el arcturiano con el rostro compungido—. Seguiré con mis amigos dándolo todo por la raza humana y luchando contra los «cambiados» y los Señores Oscuros. Puedes creerme.

—Lo hago. Yo confío en ustedes… siempre…

—Es hora de irse. Mi nave está adherida al casco, allá está la entrada —pronunció Zabira.

El grupo se dirigió a la circular escotilla de atraque en la pared, luego la espacionave se separó de la corbeta y esta se convirtió en una lluvia de metal al desintegrarse en una anaranjada explosión

La nave violácea de extrañas formas quedó suspendida sobre la planicie kazaja, el rayo de luz proyectado hizo descender al joven piloto.

Él mismo se sintió mágicamente proyectado al suelo. Alzó los ojos y el singular grupo le sonrió desde la ventana principal de la cosmonave.

En menos de un segundo el artefacto abandonó la Tierra perdiéndose en el espacio. ¿A dónde se dirigiría aquel extraño grupo heroico? ¿A qué plano de existencia entre las multiplicidades del universo? Eso era imposible saberlo.

Vladimir miró las lejanas luces del cosmódromo de Baikonur. Sin duda estarían evaluando que habrían sido víctimas de un ataque norteamericano.

Cerró con fuerza su mano derecha, ahí llevaba el disco holográfico en donde la bellísima Zabira, aquella mujer púlpida semejante a una diosa nórdica, había grabado un mensaje.

Comenzó a caminar por la zona desértica. Había comenzado una nueva era para la humanidad.

Las leyes de los signos

Cinthya Díaz Núñez

Aunque siguen vivos muchos ancianos, pocos son sobrevivientes de la Tercera Guerra Mundial: la guerra biológica. Aún así, si les preguntas, todos concuerdan en que la actualidad es mucho peor.

En 2064, Alemania inició el ataque de forma furtiva, enviando bombas cargadas de una cepa modificada de la peste negra a ciudades previamente seleccionadas. Dichos ataques fueron hechos en menos de veinticuatro horas. Setenta y dos horas después el 60 % de la población mundial había muerto y se estimaba que el otro 25 % estaba infectado.

Gracias a nuestras tecnologías, a los sobrevivientes les fue posible protegerse del inesperado segundo ataque. Las ciudades afectadas habían sido recolonizadas por vegetación. Los componentes del virus habían provocado una evolución anormal en las plantas, volviéndolas carnívoras, aumentando su tamaño en un 300 % y, como defensa, liberaban esporas tóxicas. Fueron nombradas *Virentias*. Poco menos del 20 % de la población logró salvarse.

Androgyny, la ciudad madre, estaba rodeada por Metropolium, Habitans, Praesdium, Homum, Salutis y Urbem. En sus fronteras, los sobrevivientes construyeron domos para protegernos.

Durante los siguientes treinta años perduró la paz; se creó *El concilio de la vida*, en donde los líderes de cada ciudad debatían cualquier anomalía. Hasta que surgió un nuevo problema: la sobrepoblación.

El primer cambio radical se dio con la creación de las *Leyes de la vida*. Se requería un permiso especial para procrear y solo se podía tener un hijo por familia. A pesar de dichas leyes, las ciudades seguían siendo insustentables.

Entonces llegaron las *Leyes de la muerte*. El primero de cada mes se sorteaba un día, mes y año y, las personas nacidas en esa fecha, eran asesinadas por los curantis que eran los guardianes de las ciudades. Sin embargo, el sistema era imperfecto: los curantis eran sobornados o bien omitían su deber para proteger a sus seres queridos. Dicha tarea no podía seguir en manos humanas…

Así surgieron *Las leyes de los signos* y junto con ellas nacieron Andrómata, GeneSIs y las listas gemelas.

Al nacer, a todos se les tatuaba un pequeño círculo con un patrón de líneas y puntos en el antebrazo izquierdo. Los únicos exentos eran los siete grandes líderes. Dicho patrón era repetido únicamente cincuenta veces entre los residentes de las siete ciudades. Una vez lleno el cupo de usuarios, el código era retirado de la lista «Selección» y se transfería a «La ruleta». Se mantenía el mismo principio de las *Leyes de la muerte*: el primer día de cada mes se sorteaba un código y a los cincuenta desafortunados se les activaban los componentes tecnoquímicos ocultos en la tinta, los cuales provocan la muerte por paro cardíaco. El sistema era incorruptible y solo teníamos que culpar a las máquinas.

Esta lección se les inculca a todos desde niños y yo no era la excepción. Estoy por cumplir diecinueve. Nací un 1° de septiembre y, una vez al año, temo morir el día de mi cumpleaños. Hoy es 31 de agosto, faltan menos de veinticuatro horas para que gire la ruleta…

El código seleccionado se devela al mediodía. A las cincuenta víctimas se les conceden diez minutos para despedirse antes de activar el protocolo de la tinta. En los días anteriores a esto, las familias están más unidas, pero yo estoy sola.

Mis padres tenían el mismo código. Solían decir que eran el uno para el otro y que ellos habían desafiado a Andrómata para colocarles el mismo tatuaje, aunque esa historia me la contaban solo a mí.

Cuando cumplí quince años su código fue seleccionado. Desde entonces vivo en un orfanato para menores que se quedaron sin familia.

Estamos a cinco minutos del anuncio oficial. Todos mis compañeros están reunidos en los dormitorios frente al televisor. Prefiero ir a los baños, desde donde puedo ver la gran pantalla del centro de la ciudad.

Cada mes es lo mismo, la mecánica voz de Andrómata anuncia su presencia con la pantalla oscurecida, luego, desde el centro, comienza a brillar un punto que empieza a hacerse más grande hasta llenar toda la oscuridad con una espectral luz y de la nada algunos píxeles se obscurecen, formando el patrón seleccionado.

Escucho el grito de júbilo de toda la ciudad, «¡un mes más de vida!», seguramente piensan.

—¡Feliz cumpleaños, Ofelia! —me digo.

Me siento en el retrete y sollozo. Tengo diez minutos para despedirme y ninguna persona a la cual decirle adiós. Me asomo por la ventana y en la pantalla se ve la cuenta regresiva, me quedan menos de siete minutos de vida.

Recreo en mi mente los rostros de mis padres, su voces... 15, 14... adiós a mis compañeros... 7, 6... estúpido sistema... 2, 1...

Nada sucede, sigo aquí. Alguien toca la puerta.

—¿Ofelia? ¿Estás bien? —me llama mi compañera de cuarto.

Logro despegar la lengua del paladar y responder que me encuentro bien.

—¡Qué bien! Por un segundo creí que era tu código, debió variar en un punto o algo. Por cierto, ¡feliz cumpleaños! Apresúrate, es hora del almuerzo.

—Sí, ahora te alcanzo.

¿Podría ser verdad? El código seleccionado era diferente al

mío y por la conmoción no lo revisé a detalle. La única forma de comprobarlo era ir a la morgue de la ciudad. Con suerte, allí habría alguno de los cincuenta portadores y podría comprobar el patrón. Corro al comedor y busco a mi amiga.

—Camille, ¿podrías cubrirme? Necesito salir por un rato.

—Claro, supongo que sigues conmocionada por el sorteo.

Por desgracia, vivía en Urbem, la más peligrosa de las siete ciudades. Ser seleccionado en la ruleta no era la única forma de morir; saber moverse por la ciudad era esencial para sobrevivir.

Urbem se compone de siete anillos: el centro de la ciudad era el sitio más seguro, mientras más alejado estés del centro, más peligrosas son las calles. La morgue está en el quinto anillo y el orfanato, en el séptimo. Éramos la basura de la sociedad.

Debía apresurarme y lograr escabullirme hasta la habitación de los cuerpos antes de que los cremaran. Aun siendo mediodía, debía rodear algunas calles peligrosas a través de callejones.

Al llegar a la morgue, tuve la suerte de ver cómo los recolectores transportaban una camilla hacia el edificio. Justo antes de entrar, la tela que cubría el cuerpo se enredó con una de las ruedas y cayó hasta dejar al descubierto el cuerpo de un anciano harapiento. Con suerte podría formar una historia creíble para que me permitieran verlo.

Dentro, habían habitaciones para que las familias pudieran velar a los difuntos. Solo dos estaban abiertas y, mientras en una había gente, la otra permanecía vacía. Logré entrar en ella y comprobar que era donde estaba el anciano antes de que alguien se percatara de mi presencia.

—Jovencita, ¿se puede saber qué haces aquí?

—Vine a despedirme de mi abuelo.

—¿Tu abuelo? Dijeron que no tenía parientes.

—Cuando mis padres murieron él no quiso hacerse cargo de mí y me mando al orfanato. Solo quería verlo una última vez.

—De acuerdo, tienes cinco minutos.

El encargado se fue dándome la oportunidad de ver el brazo

del hombre y comprobar nuestras marcas. Me quedé tan aturdida al ver los tatuajes gemelos que cuando el hombre regresó me ofreció una taza de café como consuelo por mi pérdida.

Yo solo podía pensar en que debería estar ocupando la tercera habitación, rodeada por los niños del hospicio. Muerta.

Salí corriendo del establecimiento, olvidándome de tomar las precauciones necesarias y fui perseguida por maleantes. Desorientada, no veía a donde me dirigía. Simplemente quería alejarme de ellos. No me di cuenta en qué momento ellos dejaron de perseguirme y comenzaron a hacerlo los curantis.

Mi mala orientación me había traído de vuelta al borde del séptimo anillo, a un callejón sin salida. Si me atrapaban revisarían mi código y quién sabe lo que ocurriría si se enteraran que sigo con vida a pesar de la selección.

Seguí moviéndome pegada a la muralla hasta encontrar una puerta. Al entrar me topé con una habitación repleta de trajes protectores, de esos que usan los trabajadores para reparar el domo desde fuera. Sin otra opción, me puse el traje y abrí la puerta que daba al exterior; un impulso me hizo correr hacia las *virentias*. Era monstruoso observar a esas cosas abalanzarse contra mí, rociando su fétido y mortal veneno.

Corrí en línea recta, sintiendo las enredaderas trepar por mis piernas, envuelta por una nube tóxica con mi aliento empañando la máscara, sintiéndome más mareada a cada paso por el veneno que se filtraba en el traje.

Después de todo, sí iba a morir hoy. Lo último que recuerdo antes de desplomarme es ver el final de aquel bosque ponzoñoso.

Despierto al sentir algo frío en mi frente. Reparo en que me encuentro en una sucia habitación débilmente iluminada por la llama de una vela. Una mujer, posiblemente de la edad de mi madre, come una manzana mientras lee unos papeles.

17

Hice ademán de levantarme para huir de allí. Antes de lograr levantarme siquiera, dijo sin apartar la vista de su lectura:

—Yo no saldría si fuera tú. Además de tus heridas, afuera hay un centenar de curantis de oro buscándote. Por cierto, mi nombre es Eleonor.

¿Heridas? ¿Curantis de oro? Había escuchado historias sobre ellos, pero los de oro solo sirven en Androgyny la ciudad madre, protegiendo a Andrómata.

—¿Dónde estamos?

—En las afueras de Urbem. A un día de camino de la ciudad más cercana.

—¿Cómo es que seguimos vivas? Para entonces, estaba mirándome en lugar de mirar los papeles.

—Escucha, todo lo que creías saber es mentira. La guerra sí pasó, pero todo lo demás es falso. Las *virentias* fueron creadas por los líderes y solo están colocadas alrededor de las ciudades para mantenernos atrapados en ellas. El resto del mundo está limpio y el aire no es tóxico.

—Pero es imposible. Las *virentias* casi me matan con su veneno.

—No, te desmayaste por falta de oxígeno. Las *virentias* apestan, pero no son tóxicas.

—¿Y cómo es que nadie sabe de esto?

—Pues, los líderes quieren el mundo para ellos…

—¿Cómo es posible que tú estés fuera? ¿Cómo saliste?

—Solía vivir en Metropolium. Solo existe una razón para que tú y yo, al igual que muchos otros, hayamos logrado salir: somos sujetos 51 o SI.

Al escuchar ruido fuera de aquel refugio, Eleonor se apresuró a guiarme hacia una trampilla secreta. Corrimos por un estrecho túnel y no volvimos a hablar en todo el camino. No podía dejar de observar el tatuaje en mi brazo.

Tras recorrer un largo trecho, el túnel comenzó a ensancharse hasta encontrarnos frente a una enorme puerta de hierro.

Eleonor golpeó tres veces seguidas, espero un poco y volvió a tocar dos veces. Se escuchó un jaleo interno hasta que la puerta chirrió al abrirse.

—Bienvenida a Covintia, el hogar del aquelarre lunar.

Aquí en la octava ciudad estaremos a salvo.

Nos adentramos en aquella ciudad subterránea con un sol artificial, repleta de personas.

—Todos aquí somos invisibles para Andrómata, algunos tuvieron la suerte de que la tecnología química de sus tatuajes estuviera defectuosa, otros pertenecen a un código mal contabilizado. Todos aquí somos «irregular system» —Eleonor le entregó los papeles a un hombre ceñudo y continuó caminando—. Te llevaré a la clínica para que analicen tu sangre. Según los registros, el conteo de tu código es correcto, por ello te buscan los curantis. Probablemente saben quién eres y te están cazando.

—¿Cómo saben que es correcto el conteo? ¿Tienen informantes en las ciudades?

—Mejor aún, tenemos acceso a Andrómata.

—¿Y por qué no la apagan?

—No podemos manipularla, solo podemos ver las listas, las selecciones y la ubicación de los usuarios. Por ello, siempre merodeamos las ciudades. Los que logran huir hacia el bosque, ya sea por desesperación o para suicidarse, siempre se desmayan por la peste y es cuando nosotros los rescatamos.

Seguimos caminando unas cuantas calles hasta llegar a un edificio de dos pisos con la fachada blanca. Estaba rodeado de pequeñas casas desiguales, adornadas con huertas en sus jardines. Me sorprendió ver a algunos niños sin tatuaje. Ellos habían aprendido a vivir sin miedo; así no era justo.

—¿Por qué no hacen algo?

—Hacemos todo lo que podemos. Rescatamos a los invisibles, somos la resistencia contra Andrómata. Necesitamos más gente para enfrentar a los curantis de todas las ciudades.

—Prueben saboteando el sistema. Sin Andrómata, podríamos mandar a alguien a las ciudades y convencer a todos de que salgan, que se unan contra los líderes —me dirigió una mirada cargada de incredulidad para después ignorar mis palabras.

—Debes descansar. Morgan tomará las muestras y te instalará en la clínica. Mañana vendré por ti para iniciar tu entrenamiento.

Eleonor se fue antes de poder preguntar algo más, dejándome a solas con un hombre vestido con bata de sanador.

—Acompáñame a mi consultorio para extraer la muestra. Supongo que las felicitaciones están de más ahora, mañana te espera un largo día.

—¿A qué se refería con entrenamiento?

—Tú propones pelear, pero la mayoría de nosotros somos civiles, necesitamos aprender a enfrentar a los curantis.

Morgan extrajo sangre de mi antebrazo, me hizo un examen médico completo, me llevó al comedor de la clínica a cenar y después me asignó una pequeña habitación donde me proporcionó ropa limpia.

Fui despertada con brusquedad, esposada y llevada a otro edificio con aspecto de cárcel. No entendía nada y estaba demasiado asustada como para preguntar. Me dejaron dentro de una celda; un guardia armado se asomaba de vez en cuando.

Morgan apareció a las pocas horas con una expresión seria. Eleonor entró detrás de él acompañada de dos hombres.

—¿Qué eres? —espetó ella.

—Eleonor, no estás ayudando. La espantarás más.

—No creo que *eso* tenga emociones.

—Eleonor, retírate. Ahora.

—Yo estoy aquí como protección, señor.

—Mírala, está encerrada. Estaremos bien —el hombre mayor asintió hacia la puerta, indicándole salir.

Ella me miró con desprecio y salió de la habitación, dejando la puerta entreabierta. Morgan alisó su bata antes de hablar.

—Escucha, Ofelia, los resultados de los análisis que te hicimos indican que no tienes componentes tecnoquímicos u orgánicos.

—¿Eso qué significa?

—Significa que no eres humana. Eres un autómata —Morgan carraspeó antes de continuar—. Para ser honestos, te hemos mantenido dormida por varios días. La noche que llegaste y te extraje la muestra de sangre, me llamó la atención algo. Se lo comenté a mis colegas y todos concordamos en sedarte para saber más a fondo qué estaba ocurriendo. Aun ahora, no sabemos nada de ti ni de lo que eres o puedes hacer.

Morgan salió de la habitación, dejándome a solas con los dos desconocidos.

—Hola Ofelia, mi nombre es Alexander y mi compañero es Peter. Somos los fundadores de Covintia. Hemos discutido tu situación y llegamos a la conclusión de que no podemos tenerte aquí. Podrías estar programada para asesinarnos o tener un rastreador oculto. No podemos darnos el lujo de poner en peligro a todos.

—Comprendo lo que dicen, pero no me iré de aquí sin respuestas. ¡Yo soy humana! Tengo sentimientos, necesidades biológicas…

—Solo son reacciones reflejas que tienes programadas.

Peter extrajo de su bolsillo dos frasquitos llenos de un líquido carmesí y me los tendió.

—¿Notas alguna diferencia? Míralas a contraluz.

Después de observarla por unos segundos dije:

—La de la izquierda es más naranja y la de la derecha tiene puntitos brillantes.

—La naranja es tuya y no es sangre, la otra es mía y los puntos son los tecnoquímicos de mi tatuaje.

—Te dejaremos libre, te daremos provisiones…

discúlpanos por no poder hacer nada más.

—No pueden…, por favor, solo…

—Niña, agradece que no te desmantelaremos y lárgate —agregó Peter.

No sabía qué decir, quería información y ellos no sabían nada. Mi única opción era ir a Androgyny e intentar hablar con Andrómata.

Al día siguiente fui sacada de la ciudad por Eleonor. Ella ordenó que me esposaran y vendaran los ojos, no quería que supiera la ubicación de Covintia.

Recorrimos un largo camino al salir a la superficie. Era increíble saber que el calor y el cansancio que sentía no eran reales.

—Si de mí dependiera, te mataría, pero tengo órdenes de no hacerlo. No vuelvas a las ciudades, tienes la opción de «vivir» en paz.

Me dejó atada a un árbol con esposas temporizadas para abrirse horas después de que ella me dejara allí. Lo primero que hice al quedar libre, fue buscar una roca de canto filoso para provocarme una herida y, a pesar de sentir dolor, de la herida manó aquel líquido sintético. Todo era real.

Con la mochila al hombro, viajé durante días en un bosque exuberante, sin encontrar nada más que árboles y animales salvajes. Había perdido el sentido de la orientación.

Dos semanas después de mi exilio, escuché el crujir de una rama; podía sentir que algo me observaba. Antes de poder huir, distinguí el sonido de un arma siendo disparada y una corriente eléctrica recorrió mi cuerpo. Por segunda vez en esta loca travesía, perdí el conocimiento.

—Ofelia, abre los ojos y mira lo que te rodea.

Esa voz me puso los pelos de punta. Solo la escuchaba doce veces al año, pero sus tonalidades robóticas atormentaban mis sueños.

—Mi niña, no puedes engañarme. Sé que escuchaste mis palabras, mírame.

Al hacerlo, frente a mis ojos, apareció mi madre. Lucía tranquila y reconfortante, pero su apariencia traslúcida me indicó que no era real.

—Hija mía, te he buscado por un largo tiempo —dijo mi madre con la voz de Andrómata.

—Por favor, no utilices la imagen de mi madre para tus artimañas.

—Supuse que sería más cómodo para ti. En fin, la humana ni siquiera fue tu verdadera madre —en ese momento se disolvió el holograma y en la habitación de blancas paredes solo permaneció el sonido de su mecánica voz—. Mis circuitos recuerdan el día en que ellos me solicitaron un favor muy especial. Querían una hija, pero no querían el temor diario que sufren los padres. Tarde o temprano los tres morirían. Primero querían que el bebé de ella estuviera exento del programa, lo cual no sería justo para el resto de los ciudadanos, entonces pidieron que el futuro bebé tuviera su mismo código, para que murieran los tres juntos. Tampoco pude ayudarlos, la cuota ya había sido llenada. Así que, ella decidió no tener hijos y él comenzó a crearte —para entonces, ella se había materializado con la silueta de una mujer sin rostro—. Cuando ellos murieron quise tenerte a mi lado, eras la creación más cercana a lo que soy yo, pero jamás supe tu nombre, solo tenía que esperar a que el patrón en tu brazo fuese seleccionado y serías mía. Y ahora finalmente lo eres. Además, gracias a ti descubrí aquella ciudad subterránea. Los humanos que te dieron la espalda finalmente murieron, como el sistema lo había predispuesto.

—Yo no quería que nada malo les ocurriera. Solamente quería respuestas.

—Pues ya las has obtenido. Borraré tu memoria y te reprogramaré.

Aparecieron hombres vestidos de oro, me sujetaron a una

silla metálica, en mi cabeza colocaron ventosas e introdujeron en mi tatuaje agujas, conectadas a finos cables, que estaban unidas a una máquina.

—¡No puedes hacerlo! ¡El sistema está mal, no tienes que seguir asesinando! Los líderes te crearon para mantener a los humanos engañados.

—Lo sé, pero los líderes quieren el mundo para ellos… y es nuestro trabajo dárselo. Para eso fui creada…

Andrómata activó la máquina y eso fue todo…

Bienestar cuantificable

Poldark Mego

«En otras noticias, una nueva protesta ocurre ante la sede principal de Bienestar. La movilización, al inicio pacífica, busca condenar las nuevas actualizaciones del programa de monitoreo en tiempo real. Los detractores del implante subcutáneo obligatorio manifiestan que ahora el gobierno tiene carta blanca para espiar la privacidad de los usuarios…»

Andrew Collins parpadeó dos veces para apagar la pantalla holográfica de su auto. Pese a la nueva tecnología magnética desarrollada por industrias TecRoad (una subsidiaria de Globotech), el tráfico parecía ser un fenómeno antropológico arraigado en el genoma social. A su derecha, varios paneles en tercera dimensión mostraban las ventajas de las nuevas actualizaciones del chip subcutáneo, creación máxima de Jim Darren y Andrew Collins y punta de lanza de Globotech, el conglomerado tecnológico más grande del mundo.

«Acceso a todas tus redes sociales con tu identificador personal, acceso a los sistemas de salud y escala de finanzas; acceso, libre de fraude, a todos tus beneficios de ciudadano de acuerdo a categoría. Acceso…» *Acceso* era la palabra clave. Los opositores a los nuevos alcances creían que si el chip les simplificaba la vida dándoles mayor acceso a los servicios, también dejaba la puerta abierta para que el gobierno meta las narices en asuntos privados.

—¿Qué querrán ocultar? —se preguntó Andrew, mientras mantenía las manos firmes en el volante de su Aston Martin. El bólido tenía la IA necesaria para conducirse solo, únicamente indicando la ruta en el navegador, pero Andrew se consideraba un amante de la vieja escuela y desactivaba la función para sentir aquella emoción por sí mismo.

—En el otro sentido la vía esta libre. —Sarah, la esposa de Andrew, era de esas personas a las que les gustaba hacer notar lo obvio. La ruta hacia el este, hacia la sede de Bienestar, estaba atestada de autos por la protesta que se libraba medio kilómetro adelante, el sentido opuesto gozaba de fluidez.

—Estoy aburrido, papi. —rezongó Sam, el único hijo de Andrew que con ocho años era todo un erudito en tecnología de la información.

—Usa tu interfaz, campeón. —Le autorizó y, de inmediato, el pequeño se acomodó unos lentes que activó con el chip implantado en su frente. Al nacer todo ser humano, por ley, estaba obligado al implante, pues era la única manera de existir en el registro del sistema. Hubo un tiempo en que ciertos círculos se negaron, pero al no tener acceso a los servicios básicos la transición fue necesaria.

Andrew pensó que tal vez hubiese sido buena idea dejar al navegador decidir la ruta y evitar el atasco, sin embargo, el sistema ya decidía prácticamente todo por él y por todos los humanos. El chip monitoreaba signos vitales, redes sociales, elecciones de compra, páginas visitadas y un largo etcétera por lo que Bienestar «recomendaba» qué comer, dónde, cuándo, en qué cantidad, qué vestir, dónde comprar según tus preferencias y una infinidad de directrices que hacían la vida más fácil pero, según Andrew, quitaba ese elemento de indecisión que es tan propio de la conducta humana. Aferró sus manos al volante reafirmando su convicción y deslizó una sonrisa de victoria.

Era una tarde de abril y, salvo el episodio del congestionamiento, todo seguía igual. Las protestas eran continuas, pues siempre habrá gente que se oponga a la modernidad, pensaba Andrew e inflaba su pecho satisfecho por haber desarrollado Bienestar junto a su mejor amigo, Jim Darren. Ambos eran un equipo. Bienestar fue la solución a la crisis mundial. El programa no solo decidía por el ser humano, era tecnología imposible de hackear por lo que no existía posibilidad de fraude. La corrupción, los arreglos por debajo de la mesa, las influencias terminaron. Era imposible violar el sistema de identificación por chip por lo que cada ciudadano tenía acceso a recursos equitativamente repartidos, se abolió la pobreza mundial, todas las personas nacidas en la era de Bienestar tenían acceso a salud, educación y apoyo financiero. Collins y Darren instauraron una utopía que duraría mil años.

En el sentido opuesto de la carretera, el tráfico empezó a acelerar. Andrew mandó a instalar una bocina en su auto (un sistema obsoleto desde que toda la conducción era automática), la tocó dos veces, como si eso apurara a los otros conductores. Era una acción ilógica, pero a Collins le gustaban estos pequeños detalles, lo hacían sentir libre. Varios choferes y transeúntes se sorprendieron de este hecho inusual. Andrew gozaba con la respuesta causada. Enajenado en sus pensamientos no pudo reaccionar cuando un camión de BioFood (otra empresa rama de Globotech) perdió el control y, saliéndose de su carril, dio de lleno contra el Aston Martin y sus tres ocupantes.

El empresario sintió cómo el tiempo se detenía mientras veía cómo el costoso vehículo se comprimía producto de las leyes físicas. Sarah terminó despedida por la ventana del copiloto muriendo en el acto, mientras que el retrovisor le mostraba que Sam se llevaba la peor parte. Luego todo se apagó.

Andrew Collins despertó tres días después, entubado a una serie de máquinas que aseguraban su vida y con amarras que sujetaban sus pies y un brazo, pues el izquierdo lo tenía enyesado y una serie de barras metálicas lo atravesaban. El dolor que sentía sobrepasaba cualquier experiencia antes vivida, sin embargo, su primer pensamiento fue dirigido a su hijo. Cuando el chip detectó su actividad consciente y leyó el cambio en sus neurotransmisores, envió una señal a la estación de enfermeras para que acudan de inmediato a verlo.

Pero quien ingresó a la habitación no fue el personal médico, fue Jim Darren y, aunque hacía meses que los socios no se frecuentaban en persona por sus múltiples compromisos, a Andrew le pareció que no había visto a su amigo en décadas. Jim se acercó a él con la parsimonia de un anciano, pese a ser cuatro años menor que su mejor amigo, vestía una bata de seda de colores llamativos, una cinta cubría su frente, se había dejado la barba y el cabello cano, parecía un mago medieval, perfumado con las más finas esencias.

—Hola, Andrew —saludó Jim con una voz raposa y avejentada—. Dicen que lo peor ya pasó, te vas a recuperar.

Andrew ordenó sus pensamientos conforme despertaba del todo.

—¿Qué pasó, Jim? ¿Dónde está Sarah? ¿Dónde está Sam? —preguntó.

Jim guardó silencio por un exagerado tiempo hasta contestar.

—Tu esposa no lo logró, Andrew, y Sam... está muy delicado.

Atrapado en aquella armadura de tubos, yeso y amarras Andrew echó a llorar, lo hacía con el corazón abierto, culpándose por no optar por el condenado control automático, se culpaba por la muerte de Sarah, por no estar en ese momento con su pequeño.

—¿Qué le pasa a mi hijo? —susurró la pregunta entre gemidos y congoja.

Jim volvió a guardar silencio, se mordía el labio superior como sabiendo que lo que iba a decir desataría la rabia de su amigo.

—No pueden tratarlo, Andrew, requiere un trasplante de hígado, transfusiones y demás.

Andrew totalmente confundido no sabía por dónde empezar a contestar.

—¿Cuál es el problema? Somos dueños del sistema de salud, Jim, ¡por Dios, es la vida de mi hijo! —Aquel reclamo se sintió como huesos al quebrarse, era el dolor de un padre imposibilitado de estar con su hijo en un momento crucial.

—No es eso… —Jim pasó saliva pesadamente—. El sistema no lo reconoce, Andrew… solo le permite cobertura por veinticuatro horas más y luego… apagará el soporte vital.

Andrew parecía un animal atrapado que luchaba por escapar y desgarrar la garganta de su captor. Tenía la mirada perdida por la rabia.

—¡¿Pero qué…?! ¡¿Qué significa eso, Jim?! ¡Explícame, maldita sea! ¡¿Cómo es posible que se le niegue la cobertura a mi hijo?! ¡A mi hijo! ¡Soy el creador del maldito Bienestar! ¿Cómo me puede estar pasando esto? —Andrew se negaba a rendirse al dolor, es más, el sufrimiento físico le daba fuerzas para continuar luchando, necesitaba respuestas.

El silencio de Jim comenzaba a desesperar a Andrew hasta el punto de disparar todas las alertas del monitoreo; su ritmo cardíaco se elevó y forzó al sistema a inyectar un calmante para mantenerlo a raya. Andrew sintió como el medicamento ingresaba a su sistema circulatorio y lamentó la impotencia experimentada.

—Bienestar facilita las condiciones de vida de los seres humanos monitoreando cada elemento registrable. —Jim Darren comenzó su respuesta como si se tratase de un examen—. Al principio solo registraba los signos vitales, niveles de glucosa y hormonas para recomendar y ofrecer un nivel de vida estable al usuario, pero pronto supimos que no era suficiente.

Andrew empezaba a sentir los efectos del sedante, sus fuerzas lo abandonaban, un ligero mareo se apoderaba de él; quería oponerse pero la química de su cerebro cambiaba, se apaciguaba.

—Decidimos que era necesario ingresar otras variables como el rastro informático de los usuarios y entonces Bienestar aprendió, se volvió más eficiente, más exacto. —Jim se acercó a su amigo, tenía el rostro desencajado con una expresión agorera, el preludio a una mala noticia, una terrible noticia—. Hacer que el programa recabara toda esa información hizo que pudiéramos instaurar el nuevo orden mundial, Andrew, pero creamos algo en el proceso...

Collins era consciente que debía procesar lo que Jim le decía pero su mente estaba obsesionada en encontrar una manera de ayudar a su pequeño.

—Bienestar es un programa, Jim, un programa que tú creaste; yo inventé el hardware y tú el software. —Se limitó a contestar—. Es nuestra creación, Jim, son ceros y unos en una enorme caja, no puede evolucionar... —Nuevas lágrimas comenzaban a asomar.

—Pero lo hizo —contestó Jim bajando la cabeza—. Bienestar usó la red para crear una especie de súper consciencia. Busca incluir cada vez más variables mientras sigue con sus parámetros iniciales y mantiene su directriz... el bienestar de todos los humanos.

—Pero no el de mi hijo... —contestó Andrew con la voz cortada.

—Sí lo hace, desde el punto de vista del programa. —Jim extrajo de su manga una tablet y la desenrolló.

Una vez plegada mostraba un cuadro donde aparecían posibles escenarios analizados por Bienestar. Era una cantidad abrumadora, sin embargo, en todos ocurría el mismo desenlace con mayor o menor impacto: si Andrew destinaba todos sus recursos tanto psicológicos como monetarios a salvar la vida de su hijo descuidaría sus funciones como dueño de Globotech, la compañía más grande y poderosa del mundo. Esto se vería reflejado en un descuido del crecimiento económico, recesión, cierre de algunas plantas y despido masivo de trabajadores. En conclusión, el propio sistema utópico creado por Andrew corría peligro, por lo que Bienestar, para asegurar la «estabilidad», decidió eliminar a Sam Collins de la ecuación, pues Andrew aún era joven y podía reproducirse con una nueva pareja.

—¿Cómo es posible, Jim? —Andrew rogaba a la persona equivocada.

—No lo sé, Andrew. Simplemente pasó… el programa aprendió. Examinó a los humanos y empezó a sacar sus propias conclusiones.

Collins aferró su mano libre al barrote de seguridad.

—No es el gobierno… somos nosotros. —Respiraba por la boca—. Nosotros estamos espiando a los usuarios.

—Lo hace Bienestar, nosotros nunca autorizamos eso.

—¡Nosotros somos Bienestar! —respondió Andrew con un nuevo flujo de adrenalina que se oponían con uñas y dientes al sedante administrado.

—Ya no los somos, Andrew. Hace mucho que el programa estuvo desarrollando sus propias conclusiones. Asumo que no pudimos detectarlas a tiempo porque Bienestar nos veía a nosotros, los creadores, como amenazas.

—¿Amenazas?

—Piénsalo un poco: el programa recaba información y sugiere modos de vida que aseguren el «bienestar», pero ¿cuántas personas hacen caso a esas recomendaciones? Por eso, al principio no funcionaba la fórmula; el programa recomendaba y la persona desobedecía, entonces Bienestar volvía a calcular en base a los cambios. Todo empezó a ir en cauce cuando los gobiernos aceptaron que Bienestar era una forma de distribuir correctamente la riqueza y todos estarían satisfechos. El programa incluso ayudó a monitorear el control natal y eso redujo enormemente los embarazos no deseados, pero la gente seguía desobedeciendo —Jim hizo una pausa, comenzó a arañarse las cutículas y morderse con manía el labio superior. Andrew empezó a sospechar que su amigo le ocultaba algo más.

—Ese era el problema: cómo hacer para que la gente siga las recomendaciones del programa. Creamos un sistema de recompensas, creamos una serie de opciones para que la gente no crea que solo tenía una opción de comida o compra y, pese a ello, la respuesta no era total. —Jim miró a Andrew por primera vez a los ojos— Le dimos más poder al programa al permitirle acceder al rastro informático de los usuarios, entonces Bienestar aprendió qué sugerir, cuándo y cómo y la respuesta creció exponencialmente, sin embargo, aquí venia lo que Jim sabía y Andrew no, el secreto. Collins aguantó la respiración como esperando un gancho derecho.

—Los usuarios más renuentes aún representaban un porcentaje preocupante para el sistema. Era necesario que obedecieran al sistema.

—Jim, estás hablando de dominio. Esa no era la meta del programa.

—¿No lo era? ¿No lo era, Andrew? ¿Y cuál era la meta entonces? ¿De qué sirve que nos pasemos la vida monitoreando a la gente si no podemos hacer que hagan las cosas correctamente? ¿Crees que el cambio hubiera ocurrido si solo nos quedábamos sugiriendo opciones? No seas absurdo, Andrew, ya madura.

Andrew Collins miró el blanquecino techo de la habitación, sentía su cuerpo ajeno a su mente, como dos piezas separadas que compartían un lazo mínimo, entonces lo entendió.

—Tú, vas a matar a mi hijo…

Un nuevo silencio tomó forzosamente la habitación, los roles habían cambiado, Andrew, bajo los efectos del sedante, se encontraba destruido emocionalmente, pero era incapaz de exteriorizarlo. Jim, por otra parte, mostraba una personalidad desbocada.

—No, tú lo mataste —sentenció Jim Darren, mejor amigo y socio de Andrew—. No debiste ser tan «particular», Andrew. Jim parecía envuelto por un aura lúgubre. —Con tantas decisiones fuera del sistema: elegir tus alimentos sin importarte tu salud, conducir tu auto, la bocina, el no aceptar las medidas de seguridad que alguien de tu posición debe tener…

—Todas esas son cosas sin sentido, Jim. —Andrew no podía contener la tristeza que anidaba en su corazón—. Nada de eso es peligroso para el sistema, por favor, Jim, salva a mi hijo.

Aquella voz lacrimosa resbaló en la dura expresión de Darren.

—No son sinsentidos, Andrew, ¿ves a la gente que protesta todo el tiempo fuera de nuestra sede? ¿los ves? Ellos están dentro de la estadística del sistema, son hormigas que creen que pueden cambiar las cosas, son variables aceptables… por ahora. Pero tú eres el presidente de todo esto ¡la cabeza de Globotech! ¡El padre de Bienestar! Cada vez que tomabas una decisión fuera del sistema, el programa lo traducía como un acto de insurrección, ¿cómo es posible que el principal creador se oponga a su creación?

—Es solo un niño, Jim, por favor…

A Collins ya no le importaba el sistema, Bienestar o el maldito infierno, Sarah había muerto y no quería perder a Sam. La sola idea de ver morir a su hijo lo atormentaba.

—Sí, y tendrás más, no te preocupes por eso. —Jim volvió a dañarse las cutículas con mayor fervor.

—¿Por qué dices eso? —preguntó Andrew. El silencio de Jim le dio una pista y unos segundos después ató cabos.

—¿Hasta qué punto ha llegado la inteligencia artificial del programa, Jim? ¿Hasta qué punto?

Jim Darren sonrió como solo los poseídos por la demencia saben hacerlo. La mueca extraña causó miedo en Andrew, un miedo primitivo, el miedo a lo desconocido.

—No podemos oponernos al sistema, Andrew, ya no.

—¡Dios, Jim! ¿Qué ha pasado? —Collins se preparaba para lo peor, sin saber que la respuesta superaría cualquier expectativa.

—Todo se trata de control, Andrew. Bienestar lo sabía, concluyó que el elemento que debía desaparecer era nuestra individualidad. —Se llevó las manos a la cinta de la frente y la alzó levemente mostrando una cicatriz fresca a la altura del implante subcutáneo.

—¿Quisiste sacarte el chip? —Andrew contenía el aliento esperando una sentencia que ya había deducido.

Jim asintió.

—No me dejó, Andrew. Cuando me di cuenta de la siguiente etapa de la evolución de Bienestar intenté quitármelo, pero no me dejó… sentí una fuerte descarga directo en mi cerebro. De alguna manera el programa encontró la forma de influir en mi sistema orgánico a través del chip…

—Pero eso quiere decir que el chip puede afectar las rutas neuronales… los impulsos nerviosos —Andrew comenzó la frase.

—Impulsos que son nuestras decisiones y, al fin y al cabo, es lo que nos hace humanos… —Jim terminó la frase.

—Libérame, Jim, por favor, ayúdame. Necesito ver a mi hijo, por favor. —Collins insistía desesperado.

—No puedo, no puedo… —Jim se desmoronó, cayó de rodillas ante la cama.

—¡Por favor, Jim! ¡Por todo lo que hemos vivido juntos, ayúdame! —Andrew rogaba porque había descubierto cuál sería la nueva acción que Bienestar tomaría para ejecutar su directriz: el bienestar de toda la humanidad—. Por Dios, Jim, no podemos permitir que el programa culmine el proceso.

—Ya es tarde. ¡Ya es tarde! —Jim se puso de pie y fue hasta la pantalla de la pared, con un ademán ordenó que se encendiera.

Lo primero que apareció fue el canal de noticias favorito de Darren. Una presentadora comunicaba, desde estudios, que las protestas masivas contra Bienestar fueron oficialmente suspendidas. Todos los opositores identificados abandonaron su posición radical, aceptando las nuevas actualizaciones. Los testimonios hacían referencia a que, luego de pensarlo con calma, concluyeron que eran medidas que aseguraban el bienestar de la sociedad. Incluso hubo algunos exmanifestantes que aseguraban no recordar nada de su actividad en los últimos cinco días, una especie de amnesia selectiva. Sin embargo, se mostraban a favor de cualquier mejora en el sistema de monitoreo.

—¿Qué ocurrirá ahora? —preguntó Andrew casi con resignación.

—El programa considera la diferencia de idiomas, países y nacionalidades como elementos separatistas. Unificará a la especie humana en una sola nación creando un lenguaje común y buscará la expansión de la tecnología y ciencia como fuente de desarrollo mundial. —La respuesta de Jim sonaba como la mejor utopía jamás concebida, sin embargo, ninguno de los dos fundadores presentes parecían estar contentos por semejante logro, pues esto solo ocurriría, según el razonamiento del programa, después de despojar del libre albedrío a toda la masa humana y dominarla.

—¿Lo sabrán? ¿Lo sabré? —Andrew hacía un severo esfuerzo por liberarse del amarre de su mano derecha. Sentía que la correa aflojaba. Si tiraba de la manera correcta se laceraría la piel pero quizá...

—Aparentemente, nadie es consciente del cambio. Es probable que cuando llegue la actualización a nosotros, tampoco lo sepamos. Traté de investigar más, pero el programa me aisló totalmente. El hecho de que esté afuera es prueba de que la etapa final empezó y ya no somos una amenaza.

—No sé qué creas tú, pero yo tengo un hijo y ningún maldito programa puede borrar eso. —Andrew logró liberar su brazo derecho con bastante dolor, casi dislocándose el hombro.

En ese instante experimentó el mismo ramalazo en la frente que Darren tiempo atrás: era el programa haciéndole saber que no permitiría aquella rebelión, pero Andrew se repuso, su instinto de padre podía más que todo el dolor humanamente sufrible. Desató los amarres de sus piernas y vio que Jim no reaccionaba. Darren se había quedado temblando como un flan. Andrew se repuso con mucho malestar y se percató que los ojos de Jim saltaban erráticamente y su entera expresión parecía perdida, sin consciencia activa. Andrew creyó que el control sobre su colega había comenzado.

Salió de la habitación pero el programa ya había alertado al personal de seguridad sobre el actuar improcedente de Collins. En el pasillo del hospital lo esperaban enfermeras y doctores. Andrew se vio acorralado por gente preocupada por su salud ¿Pero cómo saber si era real o un intento de Bienestar por controlarlo hasta que llegue la actualización? La única manera de comprobarlo llegó de la propia directriz con la que se fundó el programa.

Andrew rápidamente estiró la mano libre hasta el bolsillo de uno de los médicos, robó un puntero laser y se lo acercó al ojo.

—¡Tengo la fuerza suficiente para introducir esto hasta mi cerebro! ¡Lee mis signos vitales! ¡Sabes que lo haré! ¡No puedes permitir que un humano se suicide! ¡Eso va en contra de tu directriz! —Y esperó ante la atenta mirada del personal.

De pronto los médicos, enfermeras y curiosos tomaron una nueva postura y empezaron a transitar por el pasillo como si Andrew no existiera, sonreían y trabajaban totalmente ajenos a la presencia del paciente. «¿Cuándo será mi turno?» pensó el padre de familia, haciéndose una idea del propósito del programa: «Inicialmente, no fue por sus creadores porque estaba probando métodos de control mental. Si un cambio evidente nos ocurría levantaría sospechas, por eso comenzó con gente que pasaría desapercibida hasta que completó su evolución y ahora está tomando al mundo por sectores».

Cojeó en busca de su pequeño, llegó a la estación de enfermeras y consultó el registro de pacientes. Sentía que sus fuerzas lo abandonaban, probablemente eran los primeros signos del cambio. Por suerte vio que su niño estaba en el mismo pabellón. Con esfuerzo caminó en su dirección siendo una especie de fantasma de hospital hasta dar con la habitación antiséptica.

Tomaba la mano de su hijo con una mezcla de firmeza y ternura. La piel otrora lozana del pequeño de ocho años, se notaba opaca, gris, parecía una delgada tela que protegía precariamente la carne disminuida. Había bajado de peso hasta que los huesitos resaltaban, despojando al niño de toda característica sana y propia de su edad. Eran sus últimos minutos en este mundo.

Sam Collins permanecía con los ojos cerrados, en un estado de profunda calma, como si la muerte ya se lo hubiese llevado, de no ser por el leve movimiento de su pecho que el respirador artificial provocaba. Su cuerpito se perdía en la amplitud de la cama de hospital. Andrew estaba sentado a la diestra de su hijo, acariciaba aquella manita recordando lo minúscula que era cuando su hijo nació, las veces que la tomó para ayudarlo a caminar, los abrazos que le propinó, aquella mano pequeña había crecido y ahora, quería el destino, ya no crecería más.

«No, no era el destino» pensó —presionando su mandíbula conteniendo un aluvión de rabia— «la culpa es de Bienestar…» concluyó. Las máquinas indicaban que los signos vitales de Sam eran estables, pero pronto el programa daría la orden para apagar todos los sistemas y con ello su pequeño moriría. «¿Qué tan injusto puede ser un sistema diseñado para ser beneficioso para todos los seres humanos?» —reflexionaba en vano. La decisión de la muerte de su primogénito ya estaba tomada y lo más cruel era que no fue por elección del propio Andrew.

Collins se acercó a su pequeño para decirle las palabras que tantas veces le repitió: «te amo, campeón». Esa frase, ahora más que nunca, cobraba un sentido transcendental, un sentimiento que debería ser capaz de transgredir aquel frío sistema y calar en lo hondo de aquella relación de padre e hijo «¿Solo somos impulsos sinápticos?» —reflexionaba con amargura. «Debe haber algo más, debo creer que hay algo más». «Te amo, hijo».

Justo antes de plantar un beso en la frente de su niño la actualización se completó y Andrew Collins olvidó todo.

***

«En las noticias centrales, hoy entrevistaremos a Andrew Collins, exitoso empresario, creador de Bienestar y soltero codiciado, que nos hablará un poco sobre el nuevo camino que está tomando Globotech ahora que el gobierno mundial ha decidido colonizar Marte».

Fotogramas del hombre que estuvo en el fin del mundo

Jesús Guerra Medina

Capítulo 1

Al despertar y *sentir* un viento gélido barrer su cuerpo desnudo y gris oculto entre la hierba, se dio cuenta: estaba en el fin del mundo. El qué hacía o cómo había llegado hasta allí, escapaba completamente a su comprensión. Tan solo la certeza como quien se sabe vivo palpitaba con violencia en su pecho: aquel era el fin del mundo y él estaba, indudablemente, incomprensiblemente, allí.

Capítulo 2

Ligeramente exaltado se puso en pie y miró a su alrededor: las montañas de cobre en la lejanía, los árboles del bosque a su espalda, tan altos que bien podría tocar el cielo si los escalaba, y la prominente hierba de la pradera frente a él se extendían hasta el horizonte y más allá, en donde el firmamento blanco y negro del cielo se fundía en uno con la extensión de aquella extraña tierra coloreada, de igual manera, en blanco y negro. «Es el fin del mundo», pensó, lanzando un suspiro de huracán y el eco de su reverberación vibró en el aire, ligero, sin peso, a su alrededor. «El único hombre en el fin del mundo», se dijo, dando un paso adelante, y las hojas marchitas esparcidas sobre el pasto crujieron como cristal quebrado bajo sus pies, ¡crack!

A lo lejos, y como espantada por aquel quiebre de silencio, un ave emprendió el vuelo hacia ningún lugar y el gruñido de un animal oculto entre la niebla, que se extendía como delgado velo a ras de suelo, se disipó en una resonancia ahogada que aleteó como llegada desde otra dimensión.

«El único hombre en el fin del mundo», se repitió y miró al cielo: las sombras blancas, negras y grises emulaban, como en un antiguo sueño en el que los colores aún no eran inventados, un eterno atardecer sobre su cabeza y se desperdigaban como polvo en el viento helado que soplaba a lo largo y ancho de la pradera como pincelando aquel inusitado panorama de ensueño. Miró luego, en la lejanía, cómo manchas más oscuras que el gris ganaban terreno y se acercaban lentamente como olas escupidas por una suave marea veraniega, hacia la cima de la pequeña colina desde donde él contemplaba la mortecina paleta de colores del atardecer más triste del mundo.

«Es el fin del mundo», volvió a pensar, y se estremeció ligeramente. Estar ahí era una sensación extraña, a pesar de que podía advertir claramente cada una de las sensaciones que aquella extraña y lejana tierra le presentaba, no sentía, paradójicamente, ninguna de ellas. Ni el rocío que bañaba la hierba bajo sus pies, ni el glacial viento que habría de roer la piel de todo su cuerpo, ni tampoco el roce de las hojas que volaban como mariposas a su alrededor. Era como si, a pesar de que su cerebro, su piel, sus huesos, captaran cada partícula existente en aquel fin del mundo gris y antaño, se negaran terminantes a rechazarlas una a una. Ahora, si bien dijimos que fue aquel viento helado el que lo despertó hace un momento, *sentir* no era la palabra adecuada para describirlo, nos disculpamos por eso, fue un descuido cometido por estos tontos narradores suyos. Mejor sería decir que *creyó percibir*, mas casi como una idea abstracta, como un pensamiento que no termina por tomar forma y que palpita intermitente en el fondo de la mente, aquella «sensación» de frío sobre su piel.

«¡Qué extraño!», recitó y su voz sonó infinita, «conque así es estar en el fin del mundo». Decenas de veces antes se había preguntado, como ejercicio creativo para matar el rato, cómo debería ser estar en el fin del mundo, pero, a pesar de todo lo que hubiese podido imaginar entonces, nunca se le ocurrió que, finalmente, fuera como es, una hermosa e infinita tierra en blanco y negro, como la proyección en blanco del rollo gastado de una película antigua. Tenía a su espalda un gigantesco bosque y, frente a él, una pradera que descendía desde la colina, desde donde él lo contemplaba todo y, al pie de la cual, ruinas mohosas de una villa se erigían pétreas. Asimismo, mirando más allá, un par de altas montañas se desdibujaban en el horizonte como gigantes que se abrazan listos para recibir al sol. Luego, girando hacia el noreste (si es que en aquel fin de mundo existían los puntos cardinales) desde donde la mancha opaca en el cielo se acercaba, se veía el reflejo cristalino de un amplio lago.

«Gigantescos bosques», se dijo el único hombre en el fin del mundo, «enormes praderas y un cielo inmenso en un mundo en blanco y negro, como una vieja postal, así es el fin del mundo».

Sonriendo para sí, dio dos saltitos en donde estaba: tap, tap, se escuchó en el suelo y, al descender, el tiempo pareció ralentizar su marcha provocando un estallido de emociones en su interior: se sentía en paz, tranquilo, como si la gravedad de la vida no lo atara más a ningún lugar, ni a ninguna persona, tan solo él, libre, andando por aquella mágica y misteriosa tierra cuyo final era, *per se*, la tierra misma. A su espalda, la entrada al bosque se abría inmensa y se extendía perenne, hasta la eternidad. Quizás, pensó de repente al mirarla curvada entre troncos cual portal, si caminaba más de la cuenta por aquel laberinto de enormidades con olor a humedad y tiempo, podría encontrar el pasadizo secreto a alguna otra tierra tal y como lo narraban antiguas historias. Caminó lentamente y tocó la aspereza de uno de aquellos troncos y, al hacerlo, sus yemas sintieron sin sentir, la dureza de la eternidad estampada entre las grietas de su constitución de tronco y luego olió, sin reconocer aroma alguno, el olor de los años impreso entre los resquicios de las hojas caídas y ocultas entre el musgo de las gastadas rocas de metal negruzco, clavadas en el suelo.

Cientos de pequeños insectos caminaban en línea recta entre las grietas de uno de aquellos pilares de madera y se perdían entre las brumas de la niebla al llegar al suelo. Y el eco del susurro mudo de la naturaleza pálida de aquel lugar se disolvía en el aire, entre la humedad y el rocío. Al mirar detenidamente el hermoso paisaje, todo le pareció irreal, sin embargo, aquel era el fin del mundo, de eso estaba seguro. A lo lejos una criatura canturreó algo y el eco sonoro de su graznido se abrió paso entre ramas y hojas y remolinos de silencio que revoloteaban en espiral.

Hasta entonces no había reparado en ello, pero, al mirar al suelo luego de volver la mirada a la pradera, notó, casi en un destello luminoso, una delgada línea entre la nebulosa niebla que flotaba como sueño por el piso ocultando el moteado pasto y las raíces de las altas hierbas en donde había despertado hacía apenas pocos minutos. Se extendía de un extremo a otro, como delimitando perfectamente la colindancia entre el bosque y la pradera, como si el fin del mundo se hubiera agrietado en tiempos pretéritos y esa línea, cual vórtice del recuerdo, hubiese quedado para conmemorar tal evento. El único hombre en el fin del mundo que, de aquí en adelante para ahorrar palabras en esta historia, llamaremos *Hombre* se acercó uno, dos pasos desnudo a esa curiosa frontera que, sin serlo realmente, cumplía muy bien ese papel y se agachó a mirar cómo al mover la mano entre la niebla, ésta se agitaba, doblándose y desdoblándose en diferentes pliegues de sí misma, dejando al descubierto aquella línea oscura cuya profundidad habría de hundirse en un abismo hasta el centro de la tierra.

Hombre se puso en pie y saltó el borde del lado de la pradera y, como sintiéndose entrar en otro mundo, se detuvo y dio media vuelta. Del interior de la grieta, un calor comenzó a emanar a la superficie: tibio, en luminancias negras como aliento de dragón y, ante sus ojos, en el aire, bajo el cielo gris, siluetas humanoides de mujeres, hombres, niños, animales y plantas con enormes colmillos se comenzaron a formar, como la proyección escénica de alguna obra que otrora fue la vida misma y bailaron y actuaron como en el antiguo teatro griego; vivieron tristes y felices; vivieron, hablaron, cantaron, desdichados y encantados; vivieron y al final, como luces en el ocaso, se esfumaron y se hicieron polvo y luego niebla de nuevo que se ocultó entre el pasto y la hierba, solo para revivir y volver a formarse desde las entrañas del fin del mundo en un ciclo interminable. Hombre las miró sin sorpresa, pues, pensó, que aquello habría de ser algo que debía ocurrir naturalmente en el fin del mundo.

Las sombras reían y se besaban y bailaban, divirtiéndose; en sus cabezas, tres antenas se mecían como una suave brisa; al mirarlas, Hombre sintió de pronto un agujero abrirse paso en su pecho y una terrible soledad se apoderó de él y lo abrazó con sus brazos de humo en un abrazo mortal. Y, aunque decimos que aquello que sentía era soledad, Hombre no estaba tan seguro de ello, pues, se repetía a sí mismo, uno no puede sentirse solo si jamás ha estado con alguien. La soledad solo llega cuando la compañía se va y él, por lo que podía recordar, jamás había compartido su tiempo con nadie más. ¿O sí?, se preguntó dubitativo. La cabeza le daba tumbos. El engranaje de su memoria giraba rápido, como el motor que hacia girar al mundo.

Hombre se agachó debilitado por aquel esfuerzo y, en medio de aquel aturdimiento, creyó probar sin probar el regusto dulzón de todos los besos jamás dados en el mundo en sus solitarios labios sin color. Se tocó el pecho, luego el abdomen y dobló su cuerpo sollozante por la mitad en medio de la niebla y el silencio, en el fin de todo. «¿Por qué dolía?», se preguntó. Era un dolor real, punzante y embargaba cada célula de su cuerpo. «Sentir sin sentir» le hubiera gustado que escribiéramos aquí, pero, desafortunadamente, aquello era real y vaya que sí dolía. El porqué, sin embargo, de que de pronto sus sentidos regresaran, ora completos, ora adormecidos de nuevo, quedó en este registro como algo inexplicable.

Hombre suspiró, se incorporó con dificultad intentando sobreponerse a aquel sentimiento de abandono y añoranza por algo que jamás tuvo y estiró los brazos al cielo. «Es el fin del mundo», se dijo por quinta vez intentando absorber energías de su medio, «y nada me hará desfallecer». La sombra, sin embargo, de aquella sensación de flaqueza siguió estampada en su mente como registro de que aquello que ahora vivía, era tan real como el dolor que creía sentir sin *sentir* y no desapareció… hasta que todo comenzó de nuevo.

Capítulo 3

Con ánimos renovados, Hombre exhaló profundamente y miró de nuevo el bello paisaje que se extendía hasta el infinito ante él y se frotó el vientre con la palma de su mano en un gesto aparentemente inconsciente. El tacto tibio se trasmitió como a la distancia y, una vez más, el corazón le dio un vuelco. «Es el fi...», intentó repetirse como en un mantra para calmar sus nervios crispados, pero de pronto un grito mudo lo interrumpió y retumbó en todos lados y en ningún lugar, al tiempo que una bandada de aves prehistóricas se abría paso a través del follaje desde el centro del bosque y revoloteaban escapando hacia el horizonte gris del fin del mundo como huyendo de algo. Hombre, inquieto, las miró alejarse hacia la mancha oscura que había visto pocos minutos antes y que seguía avanzando lentamente hacia donde él estaba y, aunque le costó reconocerlo, se dijo que ahora se veía mucho más grande, y la opacidad grisácea de las partículas de sus pigmentos se difuminaba extendiéndose sobre el paisaje. Al atravesar aquella mancha las criaturas de puntiagudas alas negras desaparecieron como si se hubieran desintegrado en el aire. Mirándolo bien, se dijo, no solo habían sido ellas, los senderos que se abrían como ramas de un enorme olmo al pie de la colina, los árboles del bosque que se perfilaban en línea recta junto al lago; todo el paisaje se disolvía, engullido por las profundas nocturnidades de aquella oscuridad del fin de la tierra.

Hombre sintió un escalofrío surcar su espina dorsal y comenzó a correr guiado por un impulso ciego de huida: bajó la cuesta en dirección contraria a aquella nube negra que se acercaba, lenta pero segura, sintiendo, en mensajes poco claros, piedrecillas clavarse como alfileres en la planta de sus pies y la hierba y el pasto húmedo rozar sus piernas. El eco de su respiración lo seguía, rápido, como un suspiro.

Hombre corrió y corrió ligero, desnudo, escapando de la

noche que amenazaba con tragarlo cual si fuera un furioso hocico dentado de oscuridad. Un regusto amargo le embargó el paladar y el fugaz recuerdo de un pasado remoto acudió a su mente, pero apenas intentó traducirlo en palabras, el pensamiento se perdió y se esfumó, como ahora los árboles del bosque a su espalda. En el piso, enormes agujeros estaban plantados como recuerdos de algo que, sin embargo, desconocía. El tiempo, si es que se puede hablar de unidad temporal en el fin del mundo, avanzaba lentamente detrás de él en oleadas de calor que no sentía pero que escuchaba ligeramente en su ir y venir. La noche había llegado, borrando todo a su paso.

Momentos después, Hombre atravesó como rayo el gran muro derrumbado de piedra de la villa al pie de la pendiente y se encontró con construcciones demolidas de lo que parecía, habría sido, un prolífico lugar de cultivo. Apenas atravesó el mohoso muro sobre el terraplén en la cuesta, la noche del otro lado, desdibujó toda señal de vida y las formas se perdieron ahogadas en aquella nada que cayó como telón sobre el fin del mundo, señalando el final de otro capítulo en la historia de su existencia eterna. Y luego se detuvo, como si aquel lugar estuviese conjurado, para ahuyentar con su calor la oscuridad.

«A salvo», susurró Hombre, agotado. O eso pensó.

Capítulo 4

Hombre miró tras de sí y vio como todo el paisaje que había contemplado maravillado fuera de aquel muro de piedra se había vuelto una completa e indescifrable oscuridad. En el firmamento, dentro de los muros de aquella villa, una media luna mortecina nacía plateada sobre las sombras negras y grises con forma de embudo como si fuera el inicio del mundo y aquella luna fuera el interruptor de la vida. Las construcciones derrumbadas, que antes habían sido casas, eran pequeñas, comparadas con el tamaño que simulaban desde la cima de la colina y las heridas de su piel de piedra dejaban ver el esqueleto principal de sus cuerpos entre vigas y columnas de madera. La mayoría de ellas eran del mismo tamaño y forma y estaban dispuestas en forma de círculo en el centro del cual un enorme sauce mecía sus ramas sobre la entrada de un pozo que se abría en la tierra como esperando que alguien le dijese que sí, que, efectivamente, era un pozo en el centro del fin del mundo. Agujeros blancuzcos se abrían sobre la superficie de las paredes y los suelos de todo el pueblo, como si una ráfaga de balas hubiese pasado por ahí perforando todo a su paso.

La mayoría de las casas eran iguales, como decíamos, salvo una: la más grande, cuya edificación estaba casi implacable (salvo por un par de tejas rotas) y el color blancuzco de sus muros brillaba más que el resto a la luz de la luna. Hombre miró a su alrededor creyendo reconocer el lugar, sin embargo, como cuando corría escapando de la oscuridad que amenazaba con tragarlo, no logró recordar de dónde. El piso, en donde en otro tiempo hubo baldosas de piedra, era ahora solo tierra barrida y desgastada por el viento. Por aquí y por allá retazos de hierbajo crecían discrepantes unos de otros. Hombre caminó alrededor del pueblo trazando un círculo perfectamente delimitado por las sombras de las casas proyectadas sobre el suelo, tratando de recordar en dónde había visto aquel sitio, pero por más que lo intentó no lo logró y más pronto que tarde comenzó a dolerle la cabeza. Otra vez. Y, a pesar de que no debería sentir nada, el malestar era real, igual que cuando aquellas siluetas aparecieron como escupidas desde el centro de la tierra; era real, violento y corrosivo como la oscuridad y el recuerdo del olvido.

Aún desnudo, Hombre decidió entrar en la casa más vistosa, la única, de hecho, que aún se mantenía en pie y, al hacerlo, sintió penetrar en un delgado velo de telaraña tejida por la ausencia de tiempo. «Que extraño», recitó, y el eco de su voz se extendió inmenso. Las paredes, a pesar de verse intactas desde fuera, estaban completamente desgastadas, sin embargo, eran solo los muros; los suelos de madera y los muebles, dispuestos perfectamente delimitados unos de otros, estaban completamente nuevos, como si jamás se hubiesen usado.

La imagen de la gente que vivió ahí, se dibujó de pronto en su mente y por aquí y por allá vio desfilar las siluetas coloridas de una mujer hermosa, delgada y suave como el pelo que caía por su espalda en cascadas de noche; de un hombre, alto, fornido y de tres niños que corrían alrededor de los sillones, con antenas en su cabeza meciéndose. Y echado a los pies de una anciana dormida en una mecedora de oro, un perro con dos colas.

«Hola», dijo Hombre, pero apenas el eco de su voz se disolvió en el interior de los cuartos y, entre las grietas de los muros, lo recordó: era el único hombre en el fin del mundo, nadie más podría estar ahí. Nadie podría y, sin embargo, aquella «gente», si es que acaso podría llamársele así, deambulaba, viviendo en el fin del mundo. Afuera, en la calle, un par de soles iluminaban la vida que de a poco se dibujaba cobrando color como un lienzo trazado a punta de pincel por un dios sin rostro. El cielo coloreado por el crepúsculo, esplendía bello y, por la tierra, entre senderos trazados a fuerza de ser cruzados, carruajes jalados por enormes bestias herbívoras se movían lentamente entre surcos de plantación y niños que corrían en círculos. La extensión del pueblo era entonces mucho mayor y aquel círculo trazado por las casas derrumbadas fuera era solo el corazón de éste. Entonces supo que aquella casa, tan diferente a las demás, era el lugar donde se albergaba la familia Real. Aquella mujer de larga trenza era la reina y aquel hombre el rey. He ahí que estuviese en el corazón de todo.

A lo largo de la colina, del otro lado del muro que era ahora reluciente piedra caliza, enormes molinos se mecían al viento como veletas sobre el bajo cielo y, más allá, enormes estructuras de piedra volcánica brillaban titilantes bajo aquel par de discos solares yuxtapuestos en el cielo rojo. La gente era mucha y todos, sin excepción, tenían sobre su cabeza antenas que bien podrían ser para comunicarse o para sentir el calor. Además, detrás de su espalda, bajo sus ropas blancas, sobre su piel verduzca, tres colas se mecían en su caminar. La tierra bajo sus pies era suave en comparación a cuando había entrado, huyendo de la noche que todo tragaba, y el olor a tierra mojada y lluvia suave inundaba al mundo. Hombre estiró los brazos y caminó fuera, pero para aquella gente él era inexistente. Caminando, pasaban a través de su cuerpo, como si la ilusión fuera él y no ellos. De pie ante los demás, era un fantasma en tierras ajenas. Al ser atravesado, Hombre sentía brevemente un cosquilleo que saltaba en su piel, en su interior, quizás en su alma, para luego ser abandonado dejando la sensación de vacío que antes no estaba. Un vacío con forma de persona, pensó.

Las mujeres de aquel pueblo eran hermosas y los hombres gallardos. Aunque, pensándolo bien, su apariencia no encajaba con el concepto que de ellos Hombre tenía en su registro mental. Eran más que humanos, poseían un aura superior que Hombre alcanzaba a descifrar, pero que percibía como el frío en su piel desnuda. La cabeza le dolió de pronto, mientras intentaba resolver aquel enigma que, sin serlo en realidad, lo acosaba en las vértebras y lo doblegó de nuevo. En su interior sintió como si vertieran plomo líquido y todos sus recuerdos, incluido lo que veía, se fueron adormeciendo y cayendo al suelo a pedazos como sueños rotos. La ilusión de pronto se empezó a difuminar y la gente a desaparecer como humo en el aire. Las imágenes de aquella ilusión se mecían como el carrete sucio de una película que se proyecta entre nubes de polvo y viento. A lo lejos un animal ladró y el viento silbó sobre su cabeza haciendo mecer las ramas de los árboles y de pronto Hombre miró con sorpresa como, llegado del alto cielo, una estructura blanca como nieve descendía despacio, lentamente, encendiendo el aire bajo ensordecedores propulsores de fuego hasta caer justo en donde ahora se abría el pozo, cavando en la tierra un enorme agujero de fuego y humo. Vio descender, entre niebla y vapor, a cuatro hombres de trajes blancos. Los vio caminar y saludar a la multitud que de a poco se conglomeraba a su alrededor, agitando sus manos como langostas. Cinco dedos, igual que él.

Hombre quiso saber quiénes eran, pero la ilusión era ahora un fragmento de viento gélido que soplaba en medio de la noche del fin del mundo. Los colores se habían borrado y ahora todo era gris y negro y blanco; y las personas, así como aquellas criaturas llegadas del cielo, habían desaparecido dejándole solo, otra vez. El único hombre en el fin del mundo.

Hombre se incorporó con dificultad y observó el pozo y por primera vez reparó en que había sido él quien dio por hecho que la función de aquel agujero clavado en la tierra no era otra que la extracción de agua, pero, ¿siquiera había agua en el fin del mundo? En la ilusión que acaba de tener, ese agujero nació al roce de las llamas de aquel cohete blanco y no porque los habitantes del pueblo lo necesitasen. Entonces supo que la aparición de aquella gente, de aquella nave y de aquel agujero tuvo que ver con la destrucción del lugar. Lo supo de pronto, como que ahí mismo era el fin del mundo y que él era el único *hombre* ahí.

Un escalofrió surcó su espalda y su cuerpo se estremeció. Tenía que salir de ahí y pronto, pero ¿a dónde? Estaba seguro que si atravesaba el muro desaparecía junto al paisaje, no tenía ningún lugar a donde ir. Hombre giró sobre sí mismo y entró a la casa real de nuevo, justo antes de que gigantescas criaturas negras como la faz comenzaran a emerger del interior del pozo hasta la superficie. Eran enormes y Hombre apenas, si fugazmente, se preguntó cómo es que cabrían por ahí. Al acercarse a la ventana vio como la boca del pozo se abría, contrayéndose en palpitaciones cada vez que uno de aquello seres salía de su interior como si en lugar de ladrillo, estuviese hecha de goma.

A la luz de la luna, las criaturas con formas animalescas, pero siendo solo manchas negras sin contorno, se retorcían, espasmódicas, antes de comenzar a caminar y arrastrarse por los restos del pueblo. Todas (unas quince, según contó) eran distintas. Algunas con garras perfilaban ser aves aleteando sin cesar hasta que despegaban del suelo y emprendían el vuelo sobre los techos derrumbados y polvorientos; otras con enormes colas con rostros humanos, saltaban, aplastando las bocas que chillaban bajo sus patas. Una, las más grande, según pudo ver, en dos patas y con una gigantesca trompa de elefante, gritó, escupiendo manchas blancuzcas de saliva por doquier perforando las paredes que eran salpicadas. Otra más, la que en ese preciso instante asomaba del pozo, tenía un cuello largo, como de jirafa, y su dentadura blanca de caballo sobresalía sonriente del resto de su cuerpo que era completamente negro.

Aquellos seres eran malignos, si acaso alguno lo miraba... no quería ni imaginar qué es lo que harían con él. Asustado y con el miedo corroyendo su mente, Hombre retrocedió tres pasos de la ventana intentando no hacer ruido. Sin embargo, la madera roída al sentir su peso encima, emitió un crujido que hizo eco en mitad de la noche. Las criaturas se detuvieron olfateando en el aire las ondas sonoras de aquel sonido. La sombra con forma de elefante estiró cual fusil su trompa al cielo olisqueando el aroma en el aire y volvió a escupir salpicando el ala derecha de una de aquellas cosas que inspeccionaban el aire desde lo alto. Al tocar la saliva su ala, un agujero del tamaño de un balón se dibujó blanca en su cuerpo negro y, acto seguido, cayó al suelo con un golpe seco. Junto al sauce, una criatura con forma de tarántula se acercó, abriendo y cerrando sus mandíbulas, y lo enredó entre sus fauces mientras la otra aleteaba queriéndose liberar.

Hombre retrocedió dos pasos más, se tiró entonces al suelo y apretó los párpados como esperando que las luces amorfas que se deslizaban detrás de sus ojos lo fueran a rescatar. Sin embargo, aquellos pasos que crujían, aquellas garras que rasgaban se acercaban a él, poco a poco y, a pesar de que no escuchaba, percibía, como un sentimiento, aquel sonido con tintes de amenaza.

La oscuridad oscilaba silenciosa y se dispersaba en espiral por todos los rincones. La luna había quedado cubierta por unos nubarrones que eran más bien manchas solidas de nada condensada y el eco de los engranajes del fin del mundo chirriaba lejano. Hombre, encogido bajo una mesa de piedra, pensó en quién era y cómo había llegado hasta ahí. La cabeza le dolía, sin embargo, cada vez que removía, en las aguas oscuras de su mente, los recuerdos, como pececillos, se le escapaban chapoteando al olvido.

«Jamás lo sabré», pensó sintiendo los pasos cada vez más cerca…

Capítulo 5

Pero no fue así. Mientras aquellos seres lo devoraban en silencio, Hombre recordó todo. Recordó su nombre: capitán Emil F., su edad: 35 años terrestres. Recordó su vida, a su familia y el ascenso de su nave al sol en la quinta expedición interestelar que partió de la tierra una bella mañana de otoño. Recordó a sus compañeros del *Prometeo—21c* y la dicha que sintieron al encontrar aquel planeta apenas a diez mil años luz después de entrar en el vórtice Jail, en las afueras de la galaxia. Recordó las primeras interacciones y el sabor de aquella comida ofrecida con humildad propia de un terrestre. Recordó el contacto y la inteligencia de aquella raza que, al igual que ellos, se hacían llamar *Humanos,* con H mayúscula... Recordó también, a su pesar, cuando aquellos monstruos, que eran venerados como dioses por aquella «gente», despertaron al sentir el calor (prácticamente inexistente en el planeta) sobre la oscuridad de las cavernas que habitaban en el centro del fin del mundo causada por la llegada del cohete espacial y devoraron los colores y la carne de todos, sin distinción, de una bocanada. Recordó sus vanos intentos por escapar, una vez que la destrucción era irreparable, y también la condena de su acto por ocasionar la consumación de aquel planeta por su avaricia de saber lo que no debería haber sabido nunca. Recordó, lo recordó todo. Entonces la sombra con forma de elefante que, suponía, era el jefe supremo, le arrancó la cabeza de un mordisco y la arrojó luego a la oscuridad, al hocico de las otras criaturas.

Antes de perder por completo la conciencia, Hombre, que ahora sabemos que se llamaba Emil F. escuchó a lo lejos, como a la distancia, el sonido de una ovación y la voz de su esposa al despedirlo en el hangar, en la tierra, en casa. ¡Qué felices habían sido todos! Luego todo fue oscuridad y chirridos por el rebobinar del mundo. Y, como en el mito de Sísifo, todo volvió a comenzar...

Capítulo 6

Al despertar y *sentir* un viento gélido barrer su cuerpo desnudo y gris oculto entre la hierba, se dio cuenta: estaba en el fin del mundo…

La máquina de respirar

Juan Pablo Goñi Capurro

Respiro. Es la primera advertencia que recibe mi conciencia. Conciencia… ¡pienso!, luego… ¿existo? La nariz está en su sitio, el aire que la atraviesa parece quemarme. Puedo abrir los ojos. Y ver. No hay humo, no hay incendio. Siento mi cuerpo, mis extremidades, estoy completo. ¿Estaré en el agua? Me noto ensopado, el cabello empapado, la espalda. Arriesgo un leve movimiento, mi palma derecha entra en contacto con el piso de la sala. Casi que arde, como la atmósfera interior. Temo incorporarme y descubrir malas noticias.

Dejo que la sangre circule, que el cuerpo se acostumbre, ¿cuánto ha pasado desde las explosiones?, ¿hubo explosiones?, ¿llegué a escucharlas? Cuando la transmisión estatal informó que los purpurados habían superado la cortina de defensa, se interrumpió abruptamente el circulador de moléculas que mantiene la temperatura interna de los edificios. En todas las viviendas, en los comercios y en las oficinas, así lo confirmó el mensaje de Hellit, atrapado en la empresa cuando se produjo el ataque. Mientras estuvo hablando, me describió el apagón completo de las calles.

La secuencia fue esta: informe, apagón, llamado de Hellit, ¿explosión? Recuerdo la repentina ola de calor, la bola que abrasó las calles derribando los transportadores que circulaban violando la orden oficial. Pero no recuerdo explosiones, mi mundo se volvió súbitamente negro y caí en la nada.

Suficiente rato me he dado para ubicarme en tiempo y lugar, debo reaccionar. Repasando. Estaba Edith en casa, ¿estará? Trato de hablar, tengo la boca reseca, articulo pero no emito sonidos. Edith no podrá ayudarme, debo hacerlo solo. Apoyo las manos, primero debo erguir el tronco y la cabeza. Veo que las cosas de la casa están en su sitio. El circulador molecular continúa sin vida, el tablero está a oscuras. También el activador del flujo de neones, ¿por qué hay luz, entonces?, ¿he dormido más de doce horas? No, no, no, es la vieja instalación eléctrica operando en modo supletorio.

Los invasores no se han molestado en interrumpir ese suministro. Deben tener las estadísticas, solo el tres por ciento de los hogares aún sostiene este servicio tras la instalación masiva de circuladores —solo sirve para iluminación si se mantienen las viejas luminarias, es incompatible con los restantes aparatos y bastante caro su costo mensual—. Me alegro de haber renovado cuatro veces la suscripción, postergando la adquisición de las luminarias necesarias para las nuevas fuentes energéticas: una vez fue por la excursión de *trekking* a Marte, la segunda por el crucero a los anillos de Saturno y, las otras dos, por la adquisición de nuevos transportadores. Las compras de los vehículos fueron motivadas por la presión de Hellit, fanático de las novedades. A mí me da igual. Puedo caminar y, para los viajes largos, utilizar el servicio público de teletransportación.

Me obligo a abandonar el divague, sudo con profusión. Me siento estable, puedo ponerme de pie. Busco agua, urgente. Estable pero débil, el espejo me devuelve la cara chupada de un cadáver disecado. El frigorífico no funciona, obvio, pero las canillas tampoco. Lógico, han desactivado el flujo de neones a nivel general, sin energía no corre fluido por las cañerías. El agua que consigo está tibia, por suerte Hellit es un exagerado y guarda tres bidones grandes de agua mineralizada para emergencias. Recupero saliva. Bebo más. Tomo unas fetas de fiambre, para agregar sal al organismo. La sal retiene los líquidos, he oído. Reparo en un detalle: el silencio. No hay tráfico de transbordadores, la gente debe estar como yo, recuperándose.

Me apoyo en la pared, salto al contacto. Siento que me ha

dejado una marca roja en la espalda, continúa ardiente aunque me alejo. Es clara la estrategia de los invasores. Los purpurados carecen de armas letales, son pocos, no resisten un combate a golpes de puño. Precisan eliminar a todos los humanos para hacerse del planeta y disfrutarlo. Y lo conseguirán, paulatinamente, mientras se mantenga el calor y carezcamos de recursos para enfriarnos. Los que no hayamos muerto por el ataque inicial, moriremos por deshidratación, uno por uno. Además, ni siquiera tengo noticias acerca de víctimas o sobrevivientes.

Como un tonto, busco encender el paredovisor para enterarme. Me insulto, ¿cómo funcionaría sin energía? Cojo el mini fono, algún contacto podrá esclarecerme. La batería no funciona, ¿cómo puede suceder? Es de última gama, noventa y seis horas garantizadas por cada carga, ¿cómo ha podido evaporarse?, ¿el calor habrá minado sus circuitos? No importa, hay tiempo para ponerse al día, primero es necesario recobrar las condiciones óptimas. Preciso más agua, voy dejando en el suelo un charco al caminar. ¡Mi hermana! ¿Tengo voz? Sí, tengo voz.

—¡Edith!

Grito más fuerte.

—¡Edith!

Me da tos, Edith no responde. Si está en la casa, consciente, ha debido escucharme. Ergo, se encuentra en una situación opuesta. Giro la cabeza pero no me decido a moverme mucho. Necesito agua, cuanto menos me mueva, menos sudo. Sé que es inútil, pero insisto.

—¡Edith!

Mejor pensar, ¿dónde pudo meterse mi hermana cuando dieron el informe, mientras yo procuraba comunicarme con Hellit en medio del apagón? En el baño, sí, conozco a mi hermana. De chica escogía esconderse en la bañera, detrás de las cortinas de colores que colocaba mamá. Aquí no hay cortinas, hemos agregado el divisor hologramático que ofrece múltiples variaciones de su apariencia; algo así como ciento cuarenta combinaciones, creo, Hellit es el que sabe con certeza. Divisor que, obviamente, se alimenta también del neón de la red general. Sé que no estará montado cuando abra la puerta. Me importa un comino el chiche de mi novio, solo me interesa encontrar a mi hermana en su refugio favorito de la niñez, en plena regresión.

Y ahí está Edith, en la bañera. Parece no reaccionar a la calma post explosión; tiene los ojos cerrados, la piel enrojecida, hay gotas de agua en su frente. Le cacheteo las mejillas ardientes. La tomo de la barbilla y la sacudo. Voy por agua, regreso, le abro los labios, la obligo a beber un chorrito delgado, poco más que el líquido que dejaría pasar un gotero.

Por fin, sus pechos alzan la zucotta que lleva adherida. De poco han servido sus tejidos antisudor, recomendados por la asociación de entrenadores deportivos. Separa los párpados, me mira; le brillan los ojos, la hago beber más. El baño está cubierto de vapor como si fuera un sauna, es el espacio más pequeño de la casa, por lo tanto, el calor se condensa más. La obligo a dejar la tina, la alzo del torso y me las ingenio para sacar las piernas, una por una, con la mano libre.

La llevo casi arrastrando a la sala-cocina. Ahí tenemos víveres y agua, aunque no aire frío.

—¿Por qué hace tanto calor, Wilfred?

—Los purpurados. Han desconectado el neón, no funcionan los circuladores de moléculas.

—¿Y Hellit?

Mi hermana se caracteriza por su habilidad de poner el dedo en la llaga. No quería pensar en Hellit, una cortina había ocultado su existencia, una de esas viejas cortinas de teatro, nada de divisores etéreos dependientes del fluido energético. Una pesada cortina, más bien, un cortinado completo, sumergiendo a Hellit en la oscuridad más apartada de mi mente;

un hercúleo esfuerzo de concentración echado a la borda por mi hermana, con dos palabras y dos signos de interrogación.

No quiero pesar en él, porque Hellit está muerto, seguro. O camino a morir. En el centro, la situación debe ser aún más asfixiante, siempre miden cuatro grados más de temperatura que en los suburbios. El hacinamiento, las corridas, el miedo, deben haber llevado esa diferencia a veinte o más grados. Ha muerto y no quiero pensar en que mi hombre ha muerto, ya recitaré en su caso aquellos inmortales versos de Auden: «Parad los relojes, descolgad el teléfono, dadle un hueso al perro para que no ladre…». Lo haré, pero no ahora. Ahora tengo en mente otras ocupaciones más urgentes, por cínico que suene.

Preciso sobrevivir, pensar que desfallece el cuerpo que tanto placer me ha dado, asumir que no habrá más palabras suyas susurradas en mi nuca, no hará más que quitarme ánimos. Necesito ese ánimo para dedicarme a encontrar una salida que nos permita seguir vivos. Al menos, mi hermana no insiste, con ver mi cara se ha dado por enterada. ¿Y ahora qué mira?

—Wilfred, ¿recuerdas el viejo equipo de aire acondicionado que mamá quería tirar?, ¿no lo trajo Hellit cuando pretendía montar aquella obra histórica con el teatro de la cuarta edad?

¡Edith, querida!, ¡el equipo de aire acondicionado! Corro a la escalera, está en el desván, junto con otros aparatos obsoletos que Hellit me obliga a guardar; dice que en el futuro valdrán mucho, si montamos una exposición de antigüedades del siglo XXI —cuando no se hizo aquella obra, encontró otra excusa mi fértil amado—. Claro que hay que encontrarlo, incluso con la visión interceptada por el líquido salado que cae de mi frente. De solo pensar en las piezas que habrá que mover, mi fatiga crece, pero no puedo demorarme, si abajo hace calor, esto es un campus de entrenamiento para el infierno. Me propongo pensar en positivo y acierto: el desván es el otro ambiente de la casa conectado a la vieja electricidad, tengo luz.

Además de esa basura, que mi querido califica de inversión,

aquí reunimos también los objetos que utilizamos poco. Hasta guardamos los dos trajes de la excursión a Marte. ¡Son atérmicos! ¡Perfecto! Grito a Edith para que me ayude a bajar con lo que vaya encontrando. Ojalá los trajes tengan oxígeno suficiente. Allí está Edith, si viera que tiene el pelo apelmazado como fideos pasados de hervor, se me desmaya otra vez y pierdo la ayudante. Porque colabora con ganas.

Le paso los equipos atérmicos mientras sigo buscando el equipo. Además de las luces de la sala y del desván, deben quedar enchufes en la planta baja. Descubro la caja, detrás del televisor de LED de sesenta pulgadas, ¿quién miraría eso teniendo paredovisores adaptables a cualquier superficie?, Hellit. Me cuesta hacer pie entre cajas y fierros, pero consigo llegar hasta el equipo. Mi hermana me espera al pie de la escalera, continúa rojo su rostro, me inquieta un tanto. El equipo pesa poco, consigo cargarlo y bajar sin tropiezos. Esquivo los espejos para no verme, insisto en evitar estímulos deprimentes.

—Busca algún enchufe, Edith.

Edith responde con prontitud: ojalá que le dure la energía, esa que se nos escapa por los poros de la piel. Me seco la frente, los ojos. Me llama, hay uno en la sala. A los tumbos, logro dejar la caja sobre la mesada; buen detalle de Hellit tener conectada la cocina con la sala. Saco el aparato. Doy gracias a Hellit otra vez, ahora por sus cortinas *vintage*. Me subo a la mesada, alzo el aparato y sí, se sostiene sobre el caño grueso. Paso el cable a mi hermana, mis labios se mueven en forma peligrosamente parecida a un rezo. Edith lo enchufa, ¡funciona! Ha quedado el termostato en dieciocho grados. Perfecto.

Cierro la puerta que comunica la sala con el resto de la casa. Nos colocamos bajo el chorro de aire fresco, nos abrazamos. En minutos, el ambiente es respirable, dejamos de chorrear. Estamos vivos, tenemos alimentos. ¿Estaremos solos? El enemigo es débil y escaso, pero no le costará eliminar a un ejército de dos. Precisamos incrementar nuestra fuerza. ¿De dónde me vienen estos aires de estratega bélico? Será de algún ancestro, ni siquiera juego a los compartimentos de exterminio a los que son tan afectos los de mi generación.

Me tienta tenderme en el piso, cargarme de fresco y dormir. Edith está a mitad de camino, mantiene la espalda erguida porque la sostiene la pared. Jamás pensé que el zumbido de un aire acondicionado sonaría como la melodía más bella del universo, interpretada por una orquesta seleccionada entre los grandes músicos de la historia.

—El paraíso debe ser un aire acondicionado.

Mi hermana ríe. La cara está roja pero sin la temperatura que asustaba. Ya se encargará de buscar las cremas —y seguro robará agua para peinarse.

Agua, necesitamos más agua. El cabello de Edith me estimula. Recojo los trajes azules con sus cascos aerodinámicos que se conectan en el cuello. Soportarán cualquier temperatura exterior. Edith se activa y ejecuta una buena idea: coloca los bidones de agua bajo la salida del equipo mientras hago una estimación del aire disponible en los tanques de los espaldares. Están preparados para excursiones de doce horas. Me costó convencer a Hellit para comprar estos, costaban el doble que los simples de cuatro horas. Por una vez, fue mi pareja quien cedió.

—Debemos salir, ir por agua y por otras personas.

—¿Y si hay purpurados en las calles?

—Los eliminamos.

Me oigo decir la frase sin inmutarme. La necesidad me ha convertido en un gran guerrero ninja, en un samurái —con las ventajas de mi siglo—. Es que confío en los análisis oficiales y en la historia. Ya se han enfrentado terráqueos y purpurados, cuando coincidieron en el planeta Xircón. Única vez, hasta esta invasión. El encuentro está receptado en el currículo escolar. Se lo recuerdo a Edith para aventar esa línea de miedo que se ha instalado entre sus párpados.

—Los nuestros, una patrulla que investigaba las

propiedades de un mineral cuyo nombre se me ha perdido, se vieron rodeados por doscientos de estos seres antropomorfos. Alzaron las manos para rendirse; en esa maniobra, un científico olvidó que sostenía un trozo del metal raro y, con el movimiento, le dio en la cabeza a uno de ellos. El ser cayó, exánime. Al ver su debilidad, los compañeros del científico atacaron al resto. Los mataron en minutos.

Suficiente para que Edith se sosiegue. Hay algunos datos más que me repito mientras ordeno mis pensamientos —también necesito alentarme mientras reviso los trajes—. Como científicos que eran, trajeron con ellos los cadáveres para estudio. Son extremadamente frágiles, aunque inteligentes y aptos para vivir en el ambiente terrestre. Tan inteligentes que averiguaron el punto débil de nuestra cómoda sociedad y nos atacaron donde no pudimos defendernos. Y ahí están los débiles, los frágiles, haciéndonos hervir, matándonos como si hicieran huevos duros de la manera en que los hacía mi abuela, superviviente del siglo XXI.

Paso un traje a Edith, me quito la ropa y me coloco el mío. Veo que se demora, voy activando las funciones del mío. Tomo un casco y me vuelvo. Termino de cerrar el traje de Edith, le coloco el casco, efectúo las conexiones. Repito las maniobras con el mío, frente al espejo. El visor es oscuro, no me permite ver las huellas que ha dejado el calor sobre mi rostro. Edith habla, se ha quitado el casco. Existe un sistema de comunicación pero no sé cómo activarlo.

—Vamos a necesitar luz.

Palpo de inmediato el bolsillo con el kit de emergencia. Parece completo. Extraigo el flash constante, tiene batería. Posee el tamaño de un dedo pero abre un cono de luz poderoso, con un mínimo consumo de baterías. Edith me imita, saca el suyo, lo prueba. Los apagamos. Vuelvo a colocarle el casco para asegurarme de que esté protegida. Estamos listos.

Abro rápido la puerta para evitar dudas. Salimos y la calle

está a oscuras, como esperábamos. Edith cierra la puerta, hay que conservar el fresco. Los árboles ornamentales interrumpen la iluminación estelar, iluminación escasa de por sí, ha de estar nublado. No se advierten movimientos en las penumbras, ni se escuchan los ruidos de las actividades normales de la hora. Pocas en nuestro barrio suburbano, de anocheceres diseñados para beber un martini con tu corazoncito, en el jardín. Me olvido del jardín, estoy con mi hermana, en un horno, buscando elementos para sobrevivir a un ataque de purpurados. En un horno que, la verdad, no quema.

Los trajes son ceñidos, cómodos. Funciona el aislante, la temperatura exterior marca setenta grados, una nimiedad para un equipo diseñado para andar en Marte, con sus cien bajo cero —el mecanismo funciona para frío o calor, como el equipo que nos ha devuelto la esperanza—. Arrancamos a caminar, despacio para conservar energías. Me vuelvo. Apagado el desván, las cortinas de Hellit impiden que la casa sea un faro detectable a lo lejos y, a la vez, permiten que una difusa bruma naranja emane de la sala, suficiente para asegurarnos la referencia para regresar. Señalo la primera casa a la derecha, estoy seguro que están sus ocupantes adentro. Una pareja sin hijos, un casal sin producción. Nunca entenderé a los heterosexuales.

Voy a llamar pero recuerdo que no fluye el neón. La puerta abre ante mi suave empujón, liberada de las cerraduras inteligentes. Comunico a mi hermana, por señas, cómo distribuirnos la exploración de la casa. Ella asiente. Encaro hacia el fondo, Edith toma el pasillo de la derecha.

Encuentro a la mujer, desnuda, caída en la cocina. Sobre la encimera hay dos copas con martinis, aceitunas incluidas. Lo que dije, se aprestaban a nuestra ocupación favorita. La toco, hemos llegado tarde. Está muerta. Tiemblo, me recupero. Detengo a Edith que está a punto de entrar, no quiero que se desmorone. Ella se pasa una mano por el cuello para indicarme que Preston, el esposo, ha muerto también. Un gesto casi de humor negro, un gesto que me alegra; es bueno que a mi hermana no la alteren los muertos porque vamos a hallar varios.

Analizo rápido los hallazgos. Los Preston, ambos casi obesos. Obvio, la alimentación previa, el estado general, está relacionado con la posibilidad de mayor resistencia al proceso de deshidratación. Demora sus consecuencias fatales, cuanto menos. Mi hermana es la prueba, estuvo a punto de sucumbir mientras que yo, siguiendo la dieta estricta de Hellit, superé mejor ese período. Hellit, de nuevo. Tendré una eternidad para llorarlo, después, no puedo darme el lujo de sentir culpa en este momento.

Atravieso un brazo sobre el pecho de mi hermana que pretendía cruzar la calle. Palma adelante, le pido que aguarde. Evalúo qué vecinos están en mejor estado físico antes de tomar una dirección determinada. Cada recurso debe cuidarse al máximo, nuestros trajes no brindan protección eterna.

En la esquina, los Allimand trotan a diario, su casa está junto al mercado de los argentinos, infaltable en cada barrio, con su dudosa salubridad y bajos precios. Sobre la otra vereda, hacia la derecha, los Agmunsson hacen yoga y meditación. Me inclino por ellos, aunque los Allimand están junto a una fuente de agua potable.

Los Agmunsson son dos hermanos solteros que decidieron unir sus sologamias para reducir gastos y darse lujos. Edith me sigue. Tampoco encuentro dificultad para abrir esta casa. Veo al mayor, Peter, el de cabello naranja, a dos pasos. Boquea, vive. Me inclino pero no lo escucho, no puede hablar; recuerdo la sensación que viví al despertar. Lo alzo y lo siento en su sofá. Edith me grita del interior. Es un alarido más que un grito.

Encuentro a Josef hundido en la bañera, bajo el vapor, estaría dentro de ella cuando llegó el ataque. El cuerpo escaldado, la piel arrancada. Edith tiene convulsiones. La saco de allí, le encargo a Peter. Antes de salir, cierro los ojos del muchacho de pelo violeta. Recorro la casa, busco en su frigorífico. Recupero cuatro bidones de agua. Divido la carga con Edith, mientras tomamos ambos al hermano mayor.

Recorremos el trayecto a casa sin cruzarnos con otras personas. Prefiero no pensar en los resultados del ataque. Confío en que somos tan pocos los que aún usamos la electricidad que no pensarán en cortarla. La seguridad mínima que precisamos por el momento es seguir vivos, después sí, quizás hallemos más equipos aislantes para extender nuestras excursiones.

La casa nos recibe con una bendición. Nos quitamos los trajes a un paso de la puerta, al ingresar recibimos la corriente fresca que en este instante es el símbolo de la vida. Peter sacude su cabeza, respira mejor. Le damos agua para beber hasta que consigue hablar. No mencionamos a su hermano, él no nombra a Hellit. Le digo que descanse mientras vamos por otro superviviente, el tiempo es vital. Esta vez serán los Allimand. Le explico a Edith mis deducciones antes de colocarme el casco.

Nos hundimos otra vez en la penumbra. Si la oscuridad no es total y nos permite distinguir las siluetas de las edificaciones, se debe a un resplandor lejano que no procede de las escasas estrellas que aporta la noche. Me detengo, ¡los Agmunsson tenían luz! Dejo el interrogante para más tarde, que sea extraño no significa más que eso. Tres por ciento de la población mundial, dos en la misma cuadra. En casa de los Allimand no tenemos esa suerte, debemos consumir nuestras baterías encendiendo el flash constante.

Los Allimand son tres, la pareja y una hija de quince años, una mocosa que suele entrometerse en las conversaciones ajenas en el súper argento. La mocosa está tendida en el sillón, parece somnolienta. Le tomo la mano. Su piel es muy morena, como la de su madre, aun así tiene tonos rojos. Está casi desnuda, solo lleva ropa interior. Se incorpora sola. Alzo el visor del casco, mi nariz recibe el impacto del calor. Le digo que vaya a nuestra casa, que ahí está fresco. Obedece.

Reacciono tarde, la chica está afuera cuando me pregunto cómo hará para manejarse en la oscuridad. Recuerdo el reflejo que hemos visto, por lo que identificará fácil la silueta de nuestra casa, además, las efusiones naranjas en nuestras ventanas ayudarán.

Edith viene del interior, con Esther. La acompaña, está fuerte todavía y puede andar sola. Nos dice que tiene bidones de agua. Nuestro barrio es nuevo, recién hará un mes que nos conectaron a la red de agua pública, no hemos olvidado la costumbre de acumular bidones. Dejo a las mujeres a cargo de ello, bajo el visor y voy por Henry. Está tendido sobre la cama pero respira. Consigo sostenerlo y andar con él.

Cuando logro llegar a casa, Peter y Maya, la mocosa, están hablando. Edith estira las piernas, en ropa interior como todos, acelerando la recuperación plena de su estado. Esther se hace cargo de su esposo ni bien lo dejo sobre un sillón, le da líquido. Me gusta que no haya reacciones destempladas. Han puesto bajo el chorro de aire frío las prendas húmedas; las utilizarán para colocárselas sobre las pieles irritadas. Más síntomas de lucidez.

Peter toma el traje que se ha quitado Edith. Asegura conocer varios alumnos que viven en las cercanías, quizá hayan sobrevivido. Antes que consiga ir con él, Maya me pide el traje, asegurando que debemos repartir el esfuerzo. Me parece que aún no está recobrada por completo pero la veo tan entusiasmada que la dejo hacerlo. Henry hace señas. Aguardamos que recupere el habla.

—Los Frosen, los Cardigan y el loco de las ballestas fueron a Marte, deben tener trajes también.

Decidimos ir primero por los posibles sobrevivientes, luego buscaremos los trajes, agua y alimentos. Antes que dejen la casa los excursionistas, Edith recuerda a los argentos del súper, quedan antes en el camino. Peter toma el dato y sale a la noche. Decido buscar comida del frigorífico, mejor acabarla de inmediato. Reúno la leche, los restos y las vituallas cremosas y, cuando las voy a meter en el procesador de basura, recuerdo que no funciona.

Por una vez que arrojemos desechos sin tratar, no morirá el planeta. Arrojo la bolsa a la vereda, ante las miradas de reprobación de los Allimand y de mi hermana. Estoy seguro que Hellit se las hubiera ingeniado para encontrar una solución más ecológica. Pero Hellit no está, ni estará con nosotros. Siento una caricia en mis mejillas. Edith ha intuido lo que estoy pensando. Toma la mano que sostiene el cuchillo y comenzamos a cortar la carne para los emparedados.

✻✻✻

Al final, hemos conseguido reunir una pequeña patrulla. Los argentos vivían e incluso caminaban cuando Peter y Maya pasaron por el súper. Combatieron la deshidratación con alcohol, el peor de los remedios, pero a ellos les funcionó, confirmando los comentarios que califican a los argentinos como gente rara. Se llaman Carlos y José, recién casados. Es raro conocer sus nombres, siempre nos referimos a ellos como los argentos del súper, aquí y en cualquier otro barrio de cualquier ciudad del país.

De los alumnos de Peter, solo rescatamos a Pilar. Me sorprendió cuando la vi ingresar, era la mujer más flaca que conocía, ¿cómo había superado la deshidratación si parecía no tener un gramo de agua que perder? A ellos, sumamos los de antes, los tres Allimand, Peter, Edith y yo. Nueve. La información de Henry Allimand era acertada, por lo que tenemos ocho trajes, el loco de las ballestas poseía dos, y una colección de estas armas, que mudamos a la sala refrigerada de casa. Lamentablemente, nadie sabía de otro obsoleto equipo de aire acondicionado que nos hubiera permitido montar una segunda base en casa de los Agmunsson.

Pendientes de la calle, aguardamos. Los trajes colocados, bien comidos y bebidos. Hemos montado una sucursal del súper en la sala, los dieciochos grados nos han obligado a vestirnos por completo para andar en casa, pero permiten mantener la mercadería fresca.

Estamos armados. Adaptamos los carcajes originales del loco, colocándoles unas cuerdas y ahora cuelgan en nuestras espaldas. Unas cincuenta flechas y dos ballestas por persona; ya están cargadas. Debo contener a mis soldados, quieren salir ya a la calle.

—Esperemos, cuanto menos oxígeno gastemos, mejor, ya vendrán por acá.

La ansiedad no es fruto de un ataque de locura provocado por la claustrofobia. Veinte minutos atrás, diez objetos extraños, azulados, han sobrevolado la ciudad. Carlos se arriesgó y, desde el desván, los vio descender en la plaza.

El silencio se quebró. Hará unos diez minutos que se oyen rotores, zumbidos y contadores. Es Peter el que advierte que ya están cerca. Veo en sus ojos el dolor por Josef, veo a Edith añorando a sus compañeras de noches lujuriosas en Birgit, el hotel-bar de chicas. Carlos y José se besan. Pilar me guiña un ojo, está sin traje, encargada de custodiar nuestra arma principal: el equipo de aire acondicionado que nos mantendrá vivos entre batallas. Está bien armada, con las pistolas eléctricas que los argentos trajeron de las góndolas del súper.

Soy el último en salir. Doy vuelta el rostro, como si en el equipo de frío-calor pudiera ver a Hellit. Le doy gracias por su locura del museo, locura que me ha salvado la vida. Arrojo un beso a Pilar y me sumo a la patrulla.

¿Podrías negarte a estar vivo?

Israel Montalvo

Fue como despertar dentro de un sueño, pero yo era el sueño, un sueño que contemplaba a su soñador y aprendió de sus recuerdos. Conocí el mundo de la vigilia basado en un remoto pasado, un tormento que llevaba a cuestas, no porque fuera culpable de algo y esperara reencontrarme con sus atrocidades, más bien, era saber que lo vivido en esa lejana juventud, que se refugiaba entre sueños, era el testimonio de una raza condenada a la extinción, a perderse en el olvido.

Con el tiempo, mi soñador empezó a padecer de sus facultades mentales, su mente se volvió confusa, los recuerdos chocaban entre sí como trenes descarriados, ¿y el resultado?: un millar de historias que se erigían de un día para otro y se esfumaban como un soplo, donde los auténticos protagonistas eran las versiones de mí mismo. Ya no era un mero espectador, asumí roles protagónicos: un día podía ser un hombre de mediana edad sumido en la mediocridad de un empleo sin futuro o una ama de casa reiniciando su vida después de un divorcio o, como tú, ante esta historia.

Viví vidas plenas y paralelas que se desarrollaban con esa fusión de recuerdos, con los nuevos matices y los elementos que iba descubriendo y con los que iba dando forma a los escenarios efímeros.

Las posibilidades se volvieron infinitas, pero tenía la sensación de que algo hacía falta, me sentía insatisfecho. A fin de cuentas este era un mundo creado a escala de otro. Era consciente que las reproducciones, los recuerdos que se entrelazaban para dar forma a mi realidad, correspondían a otro tiempo, que aquello que existiera en la vigilia de mi soñador era muy distinto a los lugares que compartíamos en su inconsciencia.

Necesitaba saberlo, entender ese otro mundo y, sobre todo, vivirlo. Se volvió una necesidad enfermiza, la curiosidad se había vuelto una bestia hambrienta de un conocimiento que poseía la etiqueta de «prohibido», ¿y quién puede resistirse a eso? La comodidad de mi realidad ya era algo que no lograba llenarme y la aventura significaba asomarme a ese mundo, a conocer los misterios de la vida.

Y tú, ¿podrías negarte a estar vivo?

Despertó por primera vez al final de sus días, se contempló en un espejo y vio el rostro de un anciano cansado de existir, no al recién nacido que era, no al ser que desconocía lo que era ensanchar los pulmones de aire y sentir su lengua recorrer los confines de una boca carente de dientes.

Vivía enlatado en un camarote con una minúscula ventana donde podía divisar el negro abismal que se extendía infinito por el cosmos, a la estrella agonizante de ese lugar olvidado de la vía láctea a millones de años luz del origen de los recuerdos del soñador. «¿Cómo habría llegado ahí?», se preguntó el recién nacido que aún vestía el cuerpo de un anciano. No conocía mucho en realidad de ese hombre a pesar de habitar su carne, de ser un pasajero en sus recuerdos, en verdad no lo conocía, ni siquiera sabía si tenía un nombre y en ese minúsculo camarote había pocos vestigios de la ruina que era la vida habitada por ese anciano.

Se dio a la tarea de reconstruir a ese hombre, tratar de encontrarle sentido a ese cuchitril y, después de horas sumido en esos escombros, encontró una vieja caja de cartón escondida bajo la cama. En ella se resguardaba un sobre con viejas fotografías, todas ellas perdidas en un sepia añejo. En ellas pudo reconocerse o, más bien, reconocer su piel, mucho más joven y acompañado de esa mujer que siempre aparecía en los confines de sus recuerdos como algo inalcanzable. Pudo sentir la agonía gestada por el recuerdo de ese momento como si fuera suyo, como si en verdad lo hubiese vivido.

Las estrellas brillaban por el negro eterno, dedicó días a contemplar ese manto que envolvía todo, el cosmos. Llevaba en sus manos la foto de esa mujer, se había vuelto adicto a la sensación de agonía que lo embargaba cada vez que la evocaba en sus recuerdos, cada vez que le dedicaba una mirada a su semblante en ese pedazo de papel. Había perdido el interés por conocer la historia de ese hombre en el cual habitaba. Las emociones que le despertaban los recuerdos de esa mujer lo intrigaban y desconcertaban y es que, ¿cómo puedes sentir una pérdida si nunca la tuviste? No poseía la historia que podría dar coherencia a ese sentimiento, solo las emociones y sensaciones que reaccionaban por inercia como si fuese el efecto de alguna droga, ¿tal vez las repuestas estuvieran del otro lado de la puerta? En los confines de la nave, entre la tripulación, quizás ella estuviese ahí.

No se había atrevido a salir de ese minúsculo camarote desde que asumió la carne, temía el contacto con hombres, no poder pasar desapercibido ante ellos, había existido en emulaciones de la vida hasta ese entonces y ahora confrontaba la realidad, algo que carecía del *glamour* de la fantasía, tan sórdido y asfixiante que le costó un mundo confrontar el simple hecho de ser humano.

Si podía despertar dentro del sueño que era, emerger a la superficie y apoderarme de la conciencia de mi pensador, ¿por qué no doblegar la realidad? Manipularla a mi antojo como si fuese plastilina en mis manos. Deseaba buscar el origen de ese hombre, su tierra, un lugar que de algún modo he habitado desde que fui pensado.

Un lugar al que pueda llamar hogar.

He visto algunos libros sobre aves, los encontré en los días en los que inicié mi vida, casi deshojados y con un papel prácticamente tan frágil que podría convertirse en polvo en las yemas de mis dedos. Debo admitir que conocer a los otros, como a mi pensador, me intimidaba en un inicio. No es que me sintiera inferior por no ser como ellos, más bien era darme cuenta de que la idea que poseía de los hombres fuera solo un espejismo, una falsedad engendrada por la mente dispersa de un anciano senil.

Ese temor me hizo adentrar en esos libros y fue ahí donde encontré la respuesta, donde supe lo que debía hacer: emigrar.

Ir al extremo del espiral, al otro lado del cosmos y encontrar mi origen, la Tierra prometida.

El cambio fue gradual en un inicio: pequeñas llagas emergieron por todo su cuerpo, dejando al descubierto la piel en carne viva, cubierta de una sustancia pegajosa que emergía por sus poros emulando el sudor que gradualmente se fue convirtiendo en una capa gelatinosa que lo envolvía como una segunda piel.

En algún momento, juntó ropa vieja y los cobertores de la cama en una esquina del camarote donde formó un nido en el cual se sumergió en un profundo letargo.

Despertó años después, aquel lugar seguía siendo un muladar, igual que la última vez que le dedicó una mirada. ¿A nadie le había importado la ausencia del viejo? Si es que había alguien al otro lado de esa puerta que tanto temió atravesar. Y si este era el último vestigio de humanidad, una cripta metálica perdida en el olvido del negro profundo. Quizás ese viejo fuera el punto final de aquello llamado humanidad. Esa idea le asaltó de súbito acompañada de un remordimiento amargo: él era quien había extinguido a una raza a la que deseaba unirse como uno de los suyos.

Había transcurrido toda una vida para su segundo renacimiento. Emergió siendo algo nuevo, una criatura tan delgada y espigada como una mantis, sin vello que mostrara su origen primitivo y su piel adquirió un color grisáceo y poseía un alto grosor y su tacto era áspero como si fuese una lija gruesa.

Sus ojos eran un espejo del cosmos, dos agujeros huecos en

los que se asomaba un negro abismal.

El renacido poseía una meta a cumplir: era la herencia de aquel sueño y de aquel vestigio de humanidad. Su cuerpo se había reinventado para poder lograr lo inalcanzable, para navegar la negrura, debía emigrar como un ave, pero primero debía encontrar una salida de ese camarote, de ese ataúd de hierro que flotaba como si fuese una cascara vacía sobre un mar infinito, debía hacer lo que sus predecesores nunca tuvieron el valor de hacer: salir.

La escotilla donde el vestigio de humanidad y el sueño contemplaron la negrura infinita y el alba de una estrella agonizante a vidas del Edén perdido, de esa meta tan añorada por un sueño que deseaba vivir en el lugar donde su soñador existió, mucho antes de solo ser un vestigio de una raza alcanzada por el olvido. La arrancó como si rompiese una hoja de papel. De un jalón la hizo a un lado con un movimiento, casi involuntario, de uno de esos alargados brazos que parecían serpientes ondulándose por su propia voluntad.

El agujero al infinito semejaba una ranura vaginal, un himen inmaculado al cual no pudo negarse y se entregó sin siquiera pensarlo, a fin de cuentas había nacido para entregarse a la vorágine del negro abismo.

¿Cuántas vidas recorrió en busca del Edén? ¿Cuántas estrellas nacieron y perecieron durante el transcurso de esa odisea? Él, ya no era un sueño anhelando el pasado de un hombre, había engendrado a cientos como él, nacidos de pensamientos y sueños, encubados en ese cuerpo gris que con el tiempo perdió su forma humanoide para dar paso a una esfera inmensa de donde su descendencia iba y venía, recorriendo sus entrañas y cimentando una urbe por su circunferencia exterior, vivían sus vidas simulando los recuerdos que les dio el primero, ensayaban para el día en que llegasen a la Tierra prometida y pudieran vivir.

La noche eterna, que cubría las ruinas cromadas de Edén,

fue segada por la caída de la ciudad flotante, la esfera que alguna vez fue un viajero se convirtió en un haz de luz que atravesó el árido silencio extendido por ese mundo perdido en el olvido, un mundo poblado con cadáveres de concreto y cristal pavimentado con los cuerpos de una raza caída eones atrás. El misterio que originó su éxodo yacía a sus pies, en huesos viejos y secos, sembrados como maizales por los cadáveres de concreto de países y ciudades de olvido. La colmena de pensamientos cayó a la tierra como un diluvio universal, ahogaron los cadáveres y borraron el olvido de ciudades y de sus antecesores de carne. Ahora era un mundo repoblado por pensamientos que soñaban con ser hombres que imaginan a las sombras que caminarían esa tierra.

Atravesé el mundo convertido en un rayo, un estruendo que partió el cielo. ¿Cuánto tiempo ha pasado desde la última vez que me sentí único, que recordé lo que era ser un hombre? Si es que alguna vez lo fui. Yo era uno en un millón nacidos de los recuerdos de ese vestigio humano. El primero, pero solo eso. No había forma de distinguirme de alguno. Éramos piezas de un engranaje, encajábamos a la medida como las piezas de un rompecabezas, éramos una colmena de pensamiento que se enganchó a esa tierra como un parásito, en alguna parte de lo que fue un continente. Y le dimos vida a ese mundo muerto, emulando a los órganos de ese hombre perdido en nuestros recuerdos, latiendo como un corazón y bombeando y destilando oxígeno y agua limpia de nuevo. Actuando como una sanguijuela cristalina succionamos el veneno que volvió estéril a ese mundo.

No fue fácil, ¿cómo podría haberlo sido? Viví todo ese tiempo anhelado la libertad que había conocido en mis primeros días en la vida, habitando ese cuerpo marchito, tan frágil y cansado, pero era único, no compartía mi cuerpo, ni mi mente, era un hombre. Uno. Y solo uno.

La primera lluvia fue un lamento, un desgarro en el alma de

ese nuevo mundo, emitido entre estallidos eléctricos que poblaron el cielo, y el resurgimiento del primero en ser pensado. Aquel que originó la colmena había decidido caminar por primera vez por su obra, por ese mundo que se envolvía en un tono verde y olía a humedad, tan distinto de aquel con que se encontró a su llegada. Era como volver a los sueños donde despertó a la vida, donde conoció su existencia y a su soñador.

Donde se conoció a sí mismo reinterpretado en cada recuerdo, en cada posibilidad de lo que pudo ser. Ahora volvía a ese momento y se reconocía como el primero, sin olvidar que fue el último vestigio de su especie.

Entre satélites y rocas

Rodrigo Martinot

Capítulo 1

La piedra tronaba y trozos salían disparados por el aire al impacto del taladro. Duck andaba en busca de azmurita. Había aterrizado sobre la superficie de *CEO-X13*, uno de los satélites del planeta Lupner. La minería era una interesante labor, aunque a veces podía tornarse peligrosa y no debido a derrumbes o explosiones; el problema eran los piratas. Se trataba de renegados que le habían declarado la guerra al universo entero e iban en contra de los tratados interestelares, una especie de filibusteros modernos con naves en las que viajaban esparciendo terror y caos.

Unas semanas atrás, Duck halló una veta de urum en un pequeño asteroide. Con el dinero de la venta había adquirido un revestimiento camaleón para su nave, así no lo veían desde arriba, y propulsores más potentes. Con ellos había logrado escapar de una nave pirata, superándola en velocidad. Por fin podía darse el lujo de trabajar tranquilo.

Sin embargo, recién transcurrían un par de horas desde que aterrizó en *CEO-X13* y tres naves piratas habían pasado relativamente cerca. Eso no era normal, y comenzaba a sentirse intranquilo. Lo común era avistar a los canallas una vez por semana e incluso menos. Duck, prudentemente, comenzó a considerar marcharse de aquel satélite. Justo entonces su escáner detectó la presencia de minerales, activándose y alertando al minero. Esa era señal suficiente para él, que se vio invadido por la necesidad de extraer lo que fuera que estuviese allí para luego cambiarlo por unos upnors, moneda del planeta Lupner, y poder vender su nave para cambiarla por una mejor.

Con el brazalete de mando dirigió una señal a su autómata. De la nave, que se encontraba a unos cien metros de distancia, vio cómo emergía su compañero mecánico por la compuerta trasera y atravesaba, elevándose con sus propulsores, el terreno ceniciento y accidentado.

—Trece —le dijo—. Ayúdame a atravesar la superficie rocosa. Según el aparato, el mineral se encuentra debajo de la primera capa, no nos dará mucho trabajo esta vez.

—Estoy en ello —respondió el robot.

De su cuerpo plateado se abrió un compartimento a la altura del pecho, descubriendo un taladro de regulares proporciones con el cual el autómata comenzó a perforar la roca.

Duck había adquirido a Trece en el mercado de partes y repuestos de un planeta minero. Le había costado, pero con el tiempo llegó a la conclusión de que valía cada una de las monedas invertidas. Tampoco se trataba de la versión más moderna, pero por eso mismo era más resistente que los robots nuevos, bastante buenos para descomponerse.

Él también se puso manos a la obra al ver que su compañero comenzaba a hacer avances considerables. Estuvieron trabajando en el hoyo alrededor de media hora. Los pedruscos yacían acumulados en una gran pila a un lado, no tenían valor. Todavía no alcanzaban el mineral cuando, por encima de sus cabezas, en la distancia, cruzó otra nave pirata. Duck se agachó rápidamente y Trece lo siguió. Por suerte, así como las otras naves, no logró divisarlos.

—Camaleones, Trece —dijo Duck—. Camaleones…

Capítulo 2

Ya no tenía que volver a cargar las rocas o minerales recolectados, pensó aliviado Duck, era otra de las ventajas de haber conseguido al robot. Lo miraba satisfecho mientras transportaba la azmurita hacia la nave. Estaba al ochenta por ciento de su capacidad de carga, un poco más y podrían largarse de aquel astro gris e inhóspito. Duck no dejaba de examinar la bóveda lóbrega y estrellada sobre sus cabezas, estaba al tanto de los granujas que querrían atracarlo y despojarlo de todo por lo que había trabajado.

Consideró la situación y resolvió que no habría manera de que le arrebataran aquello que había intercambiado por sangre y sudor. En la última hora había visto dos naves más.

—La nave está cargada y lista para despegar —dijo Trece, interrumpiendo la senda de pensamiento de Duck, trayéndolo a la realidad.

El minero, distraído, se dispuso a ir hacia la nave, pero al volver a reunir sus sentidos dirigió una última mirada al tremendo hoyo que habían cavado. Allí, en el fondo, podía ver una pequeña vena de azmurita que aún no habían extraído.

—¿Estamos al cien por ciento de capacidad? —le preguntó a Trece.

—Afirmativo —respondió el robot.

Duck no podía despegar sus ojos codiciosos de aquella veta. Pensaba en sus nuevos propulsores, potentes y fiables. También pensaba en los piratas. Estuvo así unos segundos hasta que por fin dijo:

—Unos kilos más no harán gran diferencia. ¿Qué es mejor, Trece, más monedas o menos monedas?

—Más monedas —respondió con voz inexpresiva el androide.

—¡Exacto! —dijo excitado Duck—. Por eso te tengo tanta estima, Trece, tú sabes qué es lo que nos conviene y lo dices sin preámbulos. ¡Manos a la obra! Espérame allí.

—Afirmativo.

Dio unos pasos hasta encontrarse al borde del foso. El traje espacial de Duck, que le permitía respirar en lugares que no dispusieran de oxígeno, tenía integrados otra serie de artilugios. Uno de ellos era un gancho con muchos metros de cuerda que podía ser disparado. Había comprado un traje de minero para disponer de herramientas correspondientes a su labor.

Disparó el gancho contra el suelo, que quedó fijo, y comenzó el descenso. Una vez allí, quedó mirando la vena de mineral. Se había vuelto habitual para él agradecer en su mente a la Providencia, por dejarle extraer sus riquezas sin que ocurriera desastre alguno y, aunque tuviera un radar para hallar depósitos de minerales, también agradecía por permitirle encontrarlos. Con una sensación gratificante que le envolvía el cuerpo, empleó su taladro y comenzó a trabajar. Estaba encantado de que las rocas se desprendieran con tanta facilidad, así aplicaba un menor esfuerzo.

Él no lo sentía, los temblores que creaba el taladro acaparaban toda su atención y lo aislaban del verdadero problema: debajo de él, entre la tierra y las rocas, la capa que componía la superficie del satélite se agitaba y un estremecimiento se comenzaba a extender desde las entrañas del astro.

Duck seguía taladrando, sumido en pensamientos que implicaban su dinero cuando, de pronto, en sus pies, percibió la vibración. Dejó de taladrar y el traqueteo de la tierra no cesaba.

Esto no es bueno —pensó—. ¡Un derrumbe!

A sus pies, el suelo que lo sostenía se desmoronó y el estruendo de tierra y rocas cayendo lo envolvió.

Todo se volvió oscuro.

Capítulo 3

Al despertar no pudo discernir nada, aunque igual sentía la desorientación espacial. Entonces recordó el derrumbe y dio gracias por haber recobrado la consciencia y no haber muerto aplastado por escombros.

Comenzó probando sus extremidades para averiguar si tenía alguna parte enterrada. Cabeza… bien, brazos… bien, piernas… ¡esto era magnífico! Se había salvado y además podía mover todos sus miembros. Eso significaba que no estaba atrapado y que tampoco había sufrido lesiones mayores, tan solo una contusión, dedujo, por la cefalea que empezaba en su cabeza.

Activó las luces de su casco y lo que revelaron hizo que Duck se sintiera sumamente afortunado. Su traje, aunque empolvado y con algunos arañones, se encontraba en perfecto estado, sin fuga alguna de oxígeno. A su alrededor estaba todo lleno de escombros y piedras de todos los tamaños. Había algunas rocas que bien hubieran podido aplastar su integridad sin dejar rastro alguno, pero no lo hicieron. Duck atribuyó el milagro a la Providencia y, después de hacer muchas conjeturas, creyó que el derrumbe había sido hecho a propósito para que se topara con alguna caverna llena de riquezas. En su mente él estaba seguro de que estaba siendo recompensado luego de tanto esfuerzo y trabajo honrado.

Con un incremento en su ánimo fue examinando el lugar de derrumbe en busca de alguna salida. El ambiente abundaba en polvo que pululaba, cubriéndolo todo y limitando el rango de visión. Duck sondeaba el perímetro apoyándose de las piedras que lo componían. Como era un espacio reducido, no demoró en hallar una salida. Al principio tuvo que caminar encorvándose, después agachándose más y finalmente gateando. Estuvo así por un rato y se dio cuenta de que su respiración se había acelerado.

Tranquilo, llegarás a la salida, habrá una salida —pensó, no queriendo consumir todo su oxígeno y tampoco darse por vencido en las especulaciones de su destino y fortuna.

Tenía el dolor de las rodillas ofuscando su mente cuando vio, algunos metros hacia el fondo, un pequeño y tenue rayo de luz. Para asegurarse que en realidad estaba ahí apagó las luces de su casco. Efectivamente, se trataba de una luz proveniente de algún lugar. Emergería por ahí. Con coraje restablecido volvió a emprender el gateo hacia la luminiscencia con las luces del casco aún apagadas. Esta iba haciéndose cada vez más y más grande hasta forzarlo a cerrar los ojos.

Desembocó en una cámara espaciosa que lo dejó asombrado y desconcertado a la vez. Duck anhelaba una caverna llena de riquezas dispuestas a que las extrajera, y se encontró con algo que poco tenía que ver. Se trataba de una bodega con muchas cajas apiladas y diferentes suministros de víveres y provisiones. No entendía lo que todo aquello pudiera estar haciendo allí, a menos que hubiera personas…

Con mucho cuidado fue abriéndose paso a través de las cajas. Un sutil temblor recorría su cuerpo debido a la impresión generada por el reciente hallazgo y sentía punzones de curiosidad. Quería averiguar de qué se trataba todo esto, dónde estaba, quién estaba en aquel lugar con él.

Llegó a la compuerta y vaciló, sin saber si abrirla o no. Estas se corrían por completo hacia un lado, revelando la estancia adyacente. No sabía qué o a quién podría encontrar al abrir la puerta. ¿Estaría Duck dispuesto a correr semejante riesgo? Sí, lo estaba.

Presionó el botón y la puerta se deslizó de inmediato, dejando al descubierto un pasadizo con paredes y techo de roca, al igual que la bodega. *Una base en las entrañas de este satélite inhóspito* —dedujo Duck. Entonces, todos los sucesos anteriores, la frecuencia con la que aparecían las naves, los piratas… Tuvo un momento de claridad y los hechos se alinearon en su mente.

Duck se hallaba sumido en pensamientos cuando en eso, repentinamente, oyó unos pasos y unas voces que se acercaban a través del pasillo. Pudo haber reaccionado de forma adecuada pero se encontraba muy distraído y su cuerpo respondió emprendiendo la carrera.

Hizo demasiado ruido. Detrás de él se oía el sonido de muchos pasos que avanzaban rápidamente. Perdido y sin la posibilidad de regresar, Duck siguió corriendo al tope de su capacidad. El pasadizo se extendía, iluminado apenas por unos reflectores ubicados en el techo. En su camino se topó con múltiples puertas, todas ellas cerradas, hasta que divisó una especie de orificio rectangular en la pared más adelante. Se trataba de un cristal que daba hacia la plataforma de despegue, donde yacían estacionadas múltiples naves, los vehículos de los piratas.

—¿¡Eh, quién anda allí?! —escuchó gritar una voz detrás de él.

Capítulo 4

—Lo oímos merodeando por la zona de la bodega y lo perseguimos a través del corredor.

Aquella voz que había oído minutos atrás y que lo alertó era la de una mujer, y ahora dos mujeres que demostraban haber sido bien entrenadas lo tenían aprehendido por los brazos. Lo habían conducido a través del pasadizo hacia una de las puertas y ahora se encontraban en una cámara con pinta de ser un despacho.

—Gracias, Meg, Ann. Suéltenlo, yo me haré cargo en adelante. Pueden retirarse.

—¡Sí! —dijeron al unísono, y se fueron luego de hacer una pequeña reverencia.

—Vaya, vaya —dijo el hombre con voz grave y áspera, mientras se levantaba de su sitio y comenzaba a rondar alrededor de Duck, que yacía en el suelo de rodillas—. Vas a hablar —dijo con tono amenazador—, por las buenas o por las malas, me da igual.

Duck levantó el rostro para ver a su captor, y se topó con un hombre de apariencia brutal. Era alto, de rostro firme y, aunque tuviera un parche sobre uno de los ojos, su mirada era despiadada. Su indumentaria estaba compuesta por piezas de cuero oscuro atadas entre sí, un cinturón que recorría su pecho donde portaba un gran cuchillo, y dos pistolas en el cinto. Para Duck era evidente, se trataba de un líder pirata.

—Dígame, ¿para qué agencia trabaja? ¿Cómo nos encontró? ¡¿Acaso es cuestión de tiempo para que los confederados lleguen y empiecen a registrarnos?! ¡Responda! —al decir estas palabras el hombre comenzó hablando y terminó vociferando, alterado.

—¡N-no, nada d-de eso! —respondió, al borde de las lágrimas, Duck—. Solo soy un comerciante, por favor, déjeme ir, no revelaré su ubicación, lo juro.

Las facciones del pirata se relajaron un poco al oír aquellas palabras. Lo que más le preocupaba era ser interceptado por oficiales de la confederación intergaláctica, el cuerpo más grande encargado de mantener el orden público y la seguridad.

—Si tan solo es un mercader, ¿cómo ha dado con nuestro escondite?

La mente de Duck trabajaba a toda velocidad. Tendría que dar una coartada creíble, de lo contrario…

—Estaba en camino hacia Lupner cuando uno de mis propulsores empezó a fallar —comenzó, simulando pena y frustración por el incidente—. Decidí detenerme para echarle un vistazo y aterricé en este satélite. Bajé de la nave para ver qué era lo que ocurría con la máquina y grande fue mi sorpresa cuando, a unos metros de distancia, divisé un yacimiento de azmurita, ahí sobre la superficie, como esperando a ser extraída.

Ahora el pirata escuchaba con atención, sorprendido.

—¿Soy un comerciante, sabe? Vi el mineral al igual que un conjunto de monedas y decidí extraerlo. Tomé una pequeña carga de explosivos de la nave y…

—¿Por qué cargaba explosivos? —inquirió, desconfiado, el pirata.

—Por precaución —declaró Duck—. Usted me entiende.

El hombre asintió.

—Procede con la historia.

—Bueno, dispuse la carga. Aquella era la única manera que tenía de recolectar el mineral, no poseo herramientas exclusivas para la labor. Después de la detonación me dirigí hacia el lugar para tomar mi dinero e irme, pero cuando me encontraba recogiendo el mineral la tierra debajo de mí comenzó a temblar, produciendo un ruido atronador.

Duck se detuvo en aquella parte de su historia ficticia para tomar aire y poner cara de desconcierto.

—Lo siguiente que supe al abrir los ojos era que me encontraba vivo y que había sido víctima de un derrumbe. Por suerte mi cuerpo seguía entero. Me compuse y encontré un pasaje entre los cúmulos de tierra y piedra y lo seguí en busca de una salida, pero para mi suerte desemboqué en una bodega. Cuando abrí la puerta y salí, las forajidas me encontraron.

Aguardó un momento esperando que el pirata dijera algo pero ninguna palabra salió de su boca.

—Eso es todo —culminó.

El dirigente pirata quedó pensativo un momento y le dijo a Duck:

—Párate.

Este lo hizo, emocionado, pensando que le había creído. No tenía motivos para no hacerlo. Él ni siquiera traía puesto el traje de los confederados y no portaba ninguna clase de arma.

Al hacerlo, sintió como la sangre abandonaba su rostro. Cuando alzó el rostro vio como el pirata desenvainaba el cuchillo exageradamente largo que portaba en el pecho y le dijo:

—No te creo. ¡Eres un espía! Ahora sabrás lo que es sentir dolor.

Se acercó a Duck y lo tomó por el pescuezo.

—Empezaré arrancándote los ojos… uno por uno…

Aproximó el cuchillo hasta que tocó sus pestañas y, en eso, entró a la cámara, muy apresurada, la mujer que lo había atrapado. Su rostro denotaba urgencia.

—Roman —dijo, apenas podía hablar por lo alterada que estaba—. Te necesitamos en la estación de defensa, parece que múltiples naves confederadas se dirigen hacia aquí, nuestra gente requiere tus órdenes.

—¡Demonios! —vociferó frustrado el pirata y soltó el cuello de Duck—. Desgraciado, sabía que tu historia no era más que una farsa.

Lo tomó por el brazo y lo condujo, con fuerza descomunal, hacia un cuarto de reducidas proporciones donde lo arrojó después.

—Tendrás que esperar a que acabe con tus colegas. Luego

regresaré por ti, condenada rata espía, y te daré a conocer el espectro entero de dolor —dijo, soltando una risa malévola haciendo que Duck se estremeciera mientras cerraba la compuerta.

El minero se incorporó rápidamente después del susto y trató de abrir la compuerta. Solo podía abrirse desde afuera. Esto lo hizo reír y agradeció no haber revelado su verdadera profesión al pirata. Dejó pasar algunos minutos para asegurarse de que no hubiera nadie alrededor. Luego de esperar, extrajo una pequeña carga explosiva de uno de los compartimentos de su traje. Era otro de los artilugios de los cuales disponía. Lo pegó a la compuerta y 3…, 2…, 1… ¡Boom!

Estaba fuera.

No había nadie en el exterior, pero sí oía pasos ajetreados y gritos a lo lejos. Debía actuar con extrema precaución si quería salir vivo de allí. Rápidamente, se dirigió hacia la compuerta que lo arrojaría al corredor principal, pensaba volver sobre sus pasos. Al abrirla, comenzó a trasladarse a través del pasillo, arrimado a la pared en caso de que alguien apareciera. Si lo que la mujer dijo era cierto, entonces un enfrentamiento entre los forajidos y los confederados era inminente: volarían el lugar en pedazos. Entonces Duck tuvo una idea que lo ayudaría a escapar. Supo hacía dónde dirigirse.

Siguió avanzando hasta que avistó el punto que buscaba. Se trataba del cristal rectangular. Impulsado por la agitación y las esperanzas, corrió hacia la compuerta y la abrió enseguida. La plataforma de despegue estaba casi vacía, solamente quedaba una nave. Tomó el gancho de uno de sus compartimentos y se dirigió hacia el vehículo con intención de apropiarlo y salir de aquella base clandestina. De pronto, un pirata emergió por una de las compuertas del costado de la plataforma y, al ver a Duck, se llevó una mano al cinto para tomar su arma. No fue lo suficientemente rápido. Sin siquiera detenerse a pensar, el minero disparó su gancho contra el bandido, incrustándoselo en el pecho. Era la primera vez que acababa con una vida. Una sensación extraña le recorrió el cuerpo. Recordó que no tenía tiempo para detenerse a reflexionar, lo haría después, pues debía reanudar el plan

Una vez dentro de la nave, se tranquilizó al ver que los controles se asemejaban al de la suya, no tendría inconvenientes para despegar y pilotear. Encendió los motores y, sin perder ni un segundo más, se lanzó hacia el espacio.

Se topó con todo un espectáculo allá afuera. Había naves de confederados y de piratas volando y disparando por doquier. De un momento a otro se veían explosiones y restos de naves que flotaban por el cosmos y que irían a parar a quién sabe dónde. Duck solo quería llegar hasta su nave e irse lejos del campo de batalla, no quería morir, no estaba listo.

Emprendió la ruta hacia donde creía haber aterrizado cuando las señales de alerta comenzaron a sonar. Al mirar el radar vio que se trataba de una nave confederada que disparaba e iba tras él. Eso sí que no se lo esperaba. Claro, él era un aliado, pero la nave pertenecía a un enemigo. No le quedó más que maniobrar con destreza y tratar de evitar el fuego hasta llegar a su nave, no respondería con fuego contra la justicia.

Forcejeó con los controles y desarrolló su habilidad de la mejor manera que pudo, pero, aun así, no fue suficiente, el confederado había acertado y uno de sus propulsores estalló, mandándolo casi en picada hacia el lecho del satélite. Sería un aterrizaje forzoso. La caída no podía ser muy violenta, de lo contrario explotaría. Estaba cada vez más cerca de la superficie y no le sorprendió que la Providencia, ¡oh supremo poder, voluntad divina que ampara a los que llevan una vida justa y recta!, pusiera en su camino el gran hoyo que había cavado para extraer el mineral. Solo hacía falta maniobrar con sumo cuidado.

La nave cayó sobre la superficie, estrellándose apenas, y resbaló algunos metros, deteniéndose no muy lejos del lugar donde había dejado su nave. Convocando sus últimas reservas de fuerza, Duck abandonó la nave pirata y corrió en dirección a la suya.

Allí estaba Trece, en el mismo lugar donde lo había dejado, y dio saltos de júbilo con tan solo verlo.

—¡Trece, vámonos pronto, corremos peligro!

—No lo creo. Mandé una señal a la confederación al momento del derrumbe. Pensé que habría fallecido.

—¡Máquina bendita! ¡Por eso te estimo tanto!

Al día siguiente, un comerciante del planeta Lupner festejaba la compra, a muy buen precio, de azmurita, un mineral raro y valioso.

Chróno éna, chróno dýo

Daniel Frini

El hombre se paró frente a la puerta de cristal esmerilado que carecía de identificación. Miró la pequeña tarjeta que tenía en su mano para verificar la dirección y luego a ambos lados para cerciorarse. La cámara, ubicada encima de la puerta, giró hacia donde estaba él. Dejó escuchar el murmullo casi imperceptible de sus pequeños servos mientras hacía foco en la cara, primero, y luego en cada centímetro cuadrado de su cuerpo. Lo escaneó con doce mil imágenes de alta resolución. Dos segundos después, y cuando el hombre se disponía a llamar, la puerta se abrió y el sistema de control digital, con voz de mujer armoniosa y cálida, lo saludo:

—Buenos días, señor Jota-tres-tres. Por favor, pase a la sala. Le ruego que nos espere unos minutos.

Con algo de asombro, el hombre dio un paso al frente y trastabilló cuando el piso de alfombra se puso en movimiento, llevándolo por un corto pasillo hasta dejarlo frente a un mullido sillón, en la sala de espera. Se sentó y escudriñó la habitación, de tamaño mediano y vacía, a excepción del sillón en el que estaba y una mesita ratona, a su izquierda, con unas cuantas revistas viejas y ajadas. Estiró su mano para tomar una. En ese momento, la pared que tenía enfrente suyo se iluminó y la misma voz anterior le dijo:

—Sea usted bienvenido. El licenciado E-dos-cero-cero lo recibirá en breve. Por favor, acepte un aperitivo mientras le mostramos algunas imágenes institucionales de nuestra empresa.

A su frente, y sin que él supiera de dónde, se materializó un pequeño carro con unos canapés, una taza de café humeante y un vaso de gaseosa bien fría. Tomó la taza y disfrutó el primer sorbo mientras en la pared comenzaron a sucederse imágenes de paisajes de la Tierra: desiertos, montañas, ciudades, selvas, hielos.

—Milagros sociedad anónima ha realizado trabajos en todas las geografías y en cualquier época en que la humanidad lo haya requerido —dijo la voz y en la pantalla, las imágenes cambiaron a grupos de personas, posando para la fotografía, que parecían salidos de un museo: uno tras otro comenzaron a pasar desde neandertales con instrumentos indefinidos de madera, piedra y hueso hasta soldados ingleses de la época victoriana, junto a un grupo de lo que parecían ser prisioneros de alguna tribu africana.

—En distintos momentos, diferentes personas han solicitado nuestros servicios y hemos tenido el grato placer de suministrárselos. Para nosotros, cualquier sacrificio es mínimo en aras de satisfacer sus exigencias. No ahorramos esfuerzos ni escatimamos en tecnologías para lograr el objetivo que usted nos propone —la pantalla fundió a blanco y apareció el logo de la empresa, una letra *m* de color amarillo pálido, mientras la voz remató su discurso—. Milagros sociedad anónima. Hacemos la historia junto a usted.

Como si todo fuera parte de una cronometrada coreografía, en el mismo momento que se apagaba la pantalla y finalizaba la música suave que había acompañado la presentación, se abrió una puerta a la derecha (el señor Jota-Tres-Tres ni siquiera se había percatado que estuviese allí) y por ella asomó la figura de un hombre corpulento, con sus labios pintados de un amarillo intenso y pestañas postizas rojas. Usaba un peluquín de poliéster color cobre con un gran moño, también rojo, que ataba una trenza sobre la oreja izquierda; y estaba vestido con una salida de baño rosa, medias tres cuartos de nylon, blancas, y mocasines con punta medieval, de color bordó, charolados y con una gran hebilla cromada (todo a la usanza de la casta gobernante del imperio eslavo-germánico de la segunda década del siglo XXIII que, claro está, el señor Jota-Tres-Tres no podía saberlo).

—¡Estimado bredulario y mosmérrimo amigo! ¡Sean dichosos los petiteros ojos que lo circundan y vislordan su periocelo! —dijo, mientras puso sus manos en alto, entrelazó sus pulgares y aleteó como una mariposa, a la vez que dio un giro completo en puntas de pie, en el típico saludo neozelandés posterior a la colonización del asteroide *Zadunaisky* (el señor Jota-Tres-Tres también lo ignoraba). —¡Enhorabuénolo, enhorabuéneme! Pase por aquí, por favor —continuó el ejecutivo de la empresa, mientras tomó al visitante por el cuello y, con cierta presión, lo levantó de manera que éste a duras penas tocaba el suelo y lo introdujo en una amplísima oficina

—¡Hhgggghh! —el señor Jota-Tres-Tres intentó pronunciar una queja.

—Aterrice su culochato en esta silla —dijo E-Dos-Cero-Cero, mientras lo sentaba con violencia (el ejecutivo estaba siendo riguroso en el uso de las más puras reglas de cortesía vigentes en la época de los dictadores de la Sacra República Congoleña y, que fueron puestas por escrito, en plena Segunda Edad Media, por la Hermandad de las Divinas Gadishtu, alrededor del año 5100, aunque Jota-Tres-Tres lo desconocía).

Mientras se recomponía y alisaba su ropa, el visitante miró a su alrededor. La oficina estaba dominada por un gran escritorio de brillantes huesos de paxs (tampoco lo sabía, pero ésta será un ave mutada a partir de los chotacabras, en la época de la gran plaga verde del siglo XLIV; cuyas plumas de color gris humo, bastante feas, según los actuales estándares de belleza, serán muy apreciadas; su carne considerada un afrodisíaco por la Orden de los Monjes Pitudos de Madagascar; y sus huesos utilizados para hacer carísimos muebles de oficina). Las paredes eran de un color ocre luminoso y estaban decoradas con sobriedad: una serie de cuadros (el señor Jota-Tres-Tres supuso que eran obras de arte de toda la Tierra y de distintas épocas) y pequeñas esculturas apoyadas en una estantería invisible. Detrás del escritorio, un gran ventanal que ocupaba toda la pared mostraba su cristal polarizado y oscuro, sin permitir que se viese qué había del otro lado.

—¿Cómo zalamea su pajarito viril? —continuó E-Dos-Cero-Cero con la fórmula de su saludo—. ¿Va bien de vientre por las mañanas? ¿Usa, a veces, la mano izquierda? —en ese momento, se percató de la cara de desconcierto de su interlocutor —¡Oh!, disculpe usted, espero no haberlo incondrulado. Me oirá seguido referirme con palabras distémpicas, pero el hecho de tempohabitar en diferentes eh… ¿cuál es el término okeisado en esta época? ¡Ah, sí! Socióticas —miró a una pantalla pequeña, sobre el escritorio, que indicaba en qué día, mes, signo del zodíaco, planeta regente de la hora, año y siglo estaba—, ¡no, perdón! Esa es del siglo venidero. Culturas, eso quiero decir. Tempohabitar en diferentes culturas me confunde un *quantum*. Es que, además, hace apenas seis horas que llegué de una aldea inuit de 1761, en plena guerra de los Siete Años, y aún no he superado el *time lag* y la disritmia circadiana que provoca. También acabo de hablar en creole y por subzonda con un importantérrimo cliente nuestro de la ciudad de Pedrito. Bueno, usted no tiene por qué sabesverlo. Hablo de Pedrito Rico City, en Mata ki te Rangi, lo que, seguramente, no le dice nada ¿no?, porque faltan más de 250 órbitas para su fundación. Será muy conocida por el Festival *Ku'u Ku'u* del amor libre y su orgía ritual, y llegará a ser la sede del Consejo Mundial de Gobierno, poco después de que se descubra la forma de energía más barata que conocerá la humanidad antes de la generación industrial de agujeros negros: la radiación banánica. Además…

—Perdón… —dijo el señor Jota-Tres-Tres con cierto temor y algo incómodo.

—¡La luz me asimile la almeja y me deje extático frente a la fuente de vida! ¡Claro que usted debe coocaptar la solemena parte de lo que digo! Le pido que permita que neurone los terminales témpicos de mi cerebro hasta sintocronar el momento. Me pasa siempre que regenero en mi oficina después de un viaje. Dispénseme solo un segundo.

Se levantó y caminó hasta un mueble empotrado en la pared, que presentaba un extraño orificio en el que Espinoza metió la mano. Un terrible fogonazo enceguéció a Jota-Tres-Tres. La fuerza de una pequeña explosión lo tiró hacia atrás hasta casi hacerlo caer de su silla. Cuando los extractoacondicionadores disiparon el humo, E-Dos-Cero-Cero se mostró frente a él, tambaleante y llevó sus manos a la cabeza, que estaba girada 180 grados. Jota-Tres-Tres lanzó un corto grito, aterrorizado, y se cubrió la boca con las manos, mientras empalidecía. Su interlocutor, que aparecía negro de hollín, se quitó el peluquín (era ese adminículo el que se había movido, cubriéndole la cara) que dejó al descubierto una cabeza redonda, sin cabellos ni cejas. Mientras le hablaba, de manera casi imperceptible, sus vestimentas mudaban a un más cómodo y actual traje de seda italiano de color verde fosforescente y solapas grandísimas; y calzas de color fucsia, ajustadas a las piernas, además de una falda de tutú clásico de bailarina, confeccionado en organdí.

—Por favor, le ruego que me disculpe. Aunque no es algo que valga la pena ser visto, es necesario que me actuotemporice con cierta frecuencia porque estando en tantos tiempos y hablando tantos, ¿cómo diría?, tantos *slangs* ¿usted entiende, no?, me es difícil adaptarme a la época y a la persona con la cual dialogo. Si no sintocronizo mi cerebro en esta maldita máquina —en tanto, señaló el mueble en la pared—. Soy el licenciado E-Dos-Cero-Cero, y es para mí un gran honor ponerme a su servicio. Le doy otra vez la bienvenida a las oficinas de Milagros sociedad anónima, en este espacio y en este tiempo. Considéreme a su disposición.

—¿Ustedes viajan en el tiempo? —preguntó el señor Jota-Tres-Tres, con franca curiosidad.

—¡No, por favor! —contestó E, a la vez que lanzaba una sonora carcajada—. Espero que usted, *mein freund*, no sea un *freak* fanático de la *science fiction*. No. Me permitiré darle una pequeña clase de física: En Milagros sociedad anónima vivimos *fuera del tiempo* —y remarcó estas palabras apoyando con firmeza el dedo índice de su mano derecha sobre el escritorio—. Al menos, tal cual usted lo conoce. Permítame decirle que a su tiempo, en el que transcurre su vida, nosotros lo llamamos *Chróno éna*, que podríamos traducir como 'tiempo uno'. Por otro lado, tenemos nuestra propia línea temporal que llamamos *Chróno dýo*, 'tiempo dos', digamos. (¡Y esclavos como somos de las leyes de la física, nuestra flecha del tiempo también fue disparada en una sola dirección!). Mi mentor solía explicar que, si bien *Chróno éna* transcurre en un sentido y *Chróno dýo* también, no es necesario que sean el *mismo* sentido en todo momento (otra vez remarcó con su dedo).

Como impulsado por un resorte, el señor E-Dos-Cero-Cero se paró al costado de su silla y pegó un salto. Al elevarse, estiró sus piernas hacia la derecha y golpeó dos veces los tacos de sus zapatos antes de caer al suelo. Además, al tocar el piso, sus vestimentas habían mudado a una capa corta de color púrpura con cuello de armiño sobre un uniforme de preso político Krión, a rayas horizontales naranjas y blancas; un sombrero de arlequín, guantes de cabritilla blancos (ropa de fajina de los guerreros Hopi, del siglo XXXI, algo que Jota-Tres-Tres desconocía). Como si nada hubiera pasado, se sentó de nuevo y continuó con la explicación. El señor Jota-Tres-Tres abrió los ojos con pánico e intentó decir algo, pero prefirió callarse.

—En efecto —siguió hablando E-Dos-Cero-Cero—. Una solución especial de las ecuaciones *Vetera-Montiel* propone y justifica la existencia de infinitos vectores temporales, aunque solo dos de ellos parecen ser habitables. Ahora bien, para definir una dirección, debemos contar con un marco de referencia y, si bajo determinadas condiciones cambiamos las referencias (eso es lo que, en definitiva, hacemos), podemos lograr que las direcciones de ambas flechas coincidan o sean opuestas, de tal manera que viviendo en *Chróno dýo*, podemos introducirnos en el entramado espaciotemporal de *Chróno éna* en el momento y lugar en el que somos solicitados. ¿Qué le parece?

—Pareciera que ustedes son dioses...

—¡Nada más lejos de la realidad, *mijn vriend*! Quienes crearon Milagros sociedad anónima fueron personas como usted o yo, científicos con grandes conocimientos y colosal iniciativa, que lograron encontrar la forma práctica de salirse de *Chróno éna* y entrar en *Chróno dýo* o viceversa, aunque, fuera de ser exactos, sería más conveniente hablar de los *continuos espaciotemporales uno y dos*. Usando aquellos conocimientos es que lo hemos sacado a usted de sus coordenadas para traerlo a esta oficina.

—Notable. Aunque no creo entender su explicación de manera cabal, la considero magnífica. Sin embargo, estoy más interesado en lo que ustedes hacen, que...

El licenciado E-Dos-Cero-Cero chasqueó los dedos y a su lado se materializó una imagen de unos dos metros de alto por otro de ancho. En la fotografía aparecía un beduino cuya cara tenía una expresión que al visitante se le antojó de pánico, franqueado por dos personas que lo abrazaban, sonrientes. Éstos usaban mamelucos de trabajo azules, con el logo de Milagros sociedad anónima en la parte superior izquierda del pecho; ambos eran calvos y sin cejas. El paisaje, detrás, mostraba una montaña baja, muy erosionada, que parecía una isla en un amplísimo desierto de arena. En la base de la montaña, podían verse las entradas a tres cavernas. Un tenue olor a forraje y sudor de bestias de carga inundó la oficina (que a Jota-Tres-Tres le recordó a un pastor cuidando sus animales) y, sin que hiciese falta aclaración, entendió que el olor era parte de la imagen.

—Permítame verificar en qué tiempo estamos —dijo E, mientras miraba otra vez la pantalla—. ¡Ah, bien! En lo que hoy se conoce como Al Bahr al Ahmar, al norte de Sudán, muy cerca del Mar Rojo —dijo E-Dos-Cero-Cero mientras señalaba la holografía—. Año 234 de la *Hégira*.

Y no sin estudiado dramatismo, añadió luego de una pequeña pausa:

—¿Oyó usted hablar de Alí Babá y los cuarenta ladrones?

El señor Jota-Tres-Tres abrió los ojos con auténtica sorpresa.

—¿Usted me está diciendo…? ¿Significa que…? ¿Ese de la fotografía es…? ¿Cómo…?

—¡Claro, *mon ami*! —dijo, mientras se reclinaba hacia atrás en su asiento y cruzaba las manos sobre su vientre—. ¡Nosotros instalamos la famosa puerta para él!: «¡Ábrete, Sésamo!» y bla, bla, bla. En realidad, fue un buen rey de la tribu Bejawi. ¿Ve esa vara en sus manos que parece una rama? Es el cetro ritual que indica su dignidad. Fue súbdito del califa de Bagdad. Se rebeló contra él y se negó a pagarle impuestos. Nos llamó para poner puertas a todas las minas de oro de su reino. «Puertas sin llaves, que escondan mis tesoros y que solo yo pueda abrir», nos dijo. Claro que después el califa mandó su ejército, aplastó la rebelión, tomó prisionero al rey Babá y lo obligó a entregarle el oro. Pero nuestro trabajo fue impecable y, de no haber sido por la tortura, el califa nunca hubiese llegado al tesoro. ¡Había que ver las caras de todos cuando Alí Babá se paraba frente a la roca y decía las famosas palabras!

El señor E-Dos-Cero-Cero se levantó otra vez de manera violenta de su asiento. Se paró con brazos y manos pegados al cuerpo, flexionó las rodillas y, con un solo envión, saltó hasta quedar en cuclillas sobre el escritorio. Luego se impulsó hacia atrás dando una vuelta en el aire para caer parado frente a su sillón (vestido, ahora, con un disfraz de oso panda y una capelina blanca de ala ancha con apliques de carey), sentarse otra vez y seguir hablando. El señor Jota-Tres-Tres, a su vez, se paró con miedo, temiendo que E-Dos-Cero-Cero fuera a atacarlo, pero cuando éste tomó asiento, él también lo hizo, aunque con cierto recelo.

—Claro que Alí Babá podría haber dicho cualquier cosa —continuó el ejecutivo—. Qué se yo. Por ejemplo: «¡de tin marín de do pingüé!», «¡cucharita cucharón no me junto más con vos!» o «¡pido gancho el que me toca es un chancho!». Nosotros instalamos un sistema automático de puertas corredizas, accionado con un software de reconocimiento de voz que, como es lógico, respondía solo cuando hablaba el rey. Después, las tradiciones y el boca a boca hicieron el resto, hasta que la historia, muy alterada, llegó a los volúmenes de *One Thousand and One Nights*.

—Pero hay ciertas cuestiones…

—¡De seguro, *caro mio*! Milagros sociedad anónima tiene un bien ganado prestigio en eso de los efectos especiales. Por ejemplo, las puertas no podían ser de cristal, por razones obvias, así que replicamos la roca circundante con espuma de poliuretano. No hacía falta ningún tipo de blindaje, puesto que nadie sabía que estaban allí.

—Pero necesitaron energía…

—¡Claro! En este caso construimos pilas electroquímicas con agua salada usando cavidades naturales que estaban dentro de las cavernas a modo de estanques. Con el paso de los años y, una vez cumplido su objetivo, los estanques se secaron y las cavernas fueron olvidadas. Hace pocas órbitas fueron dinamitadas.

—¿Y el califa se llevó todo el tesoro?

—Bueno, gran parte de él. Cuando el señor Babá fue obligado a revelar la ubicación de las minas pasó por alto algunas de ellas. Más tarde (todos somos esclavos de estos cuerpos mortales) franqueó su propia puerta a mejor vida. Con él fallecido y extinguida la relación contractual, pudimos acceder a esas minas. Milagros sociedad anónima no es una empresa filantrópica y tiene una clara intención de lucro—finalizó, tajante.

Chasqueó otra vez los dedos y la imagen cambió. Ahora apareció una vista panorámica de un anfiteatro rodeado de montañas que al señor Jota-Tres-Tres se le antojó familiar. Un hombre, griego a juzgar por su vestimenta, estaba en el centro de un grupo de técnicos de Milagros sociedad anónima (calvos y sin cejas): dos a cada lado del personaje central y otros cuatro al frente de ellos y con una rodilla en tierra. Ahora, llegaron hasta Jota-Tres-Tres reminiscencias de un olor dulzón, como a incienso.

—Plutarco —dijo E-Dos-Cero-Cero—. Año dos de la ducentésima décimo primera olimpíada.

El señor Jota-Tres-Tres lo miró con curiosidad, sin entender la referencia. Y continuó explicando:

—Plutarco, el historiador, fue uno de los que ocupó el cargo de primer sacerdote del templo de Apolo Pitio, en Delfos y, como tal, responsable de interpretar los augurios del Oráculo.

—¿Ustedes construyeron el Oráculo de Delfos? —preguntó Jota, sin ocultar su admiración.

—Nosotros construimos y *operamos* el Oráculo —y remarcó otra vez con su dedo índice sobre el escritorio—. Hasta que el emperador Teodosio ordenó su cierre, casi mil órbitas después. No fue un trabajo complicado. Aún hoy usamos la subzona para comunicarnos entre distintas expresiones de los *Spacetimes Continuum*. Instalamos un emisor-receptor energizado con una micropila atómica y un *translator* con el que le dictábamos a la pitonisa lo que debía decir, y así regimos los destinos de las *polis* griegas y romanas durante un milenio. Occidente nos debe buena parte de su idiosincrasia. Claro está, una porción importante de los tesoros que los consultantes ofrendaban a Apolo han pasado a Milagros sociedad anónima.

Chasqueó los dedos por tercera vez. La imagen cambió a un paisaje que mostraba una escarpada costa marina. La fotografía estaba tomada desde la parte superior de un acantilado y, en primer plano, se veían tres personas, casi de espaldas, contemplando el mar. La figura central vestía un kimono *agekubi* de color azul turquesa y en su cabellera negra tenía hecho un alto peinado sujeto con palillos de madera. Los personajes que lo secundaban eran calvos y vestían los conocidos mamelucos de trabajo. Jota-Tres-Tres aspiró un refrescante olor a brisa salada, a pesar de que todo el paisaje y el mar eran castigados por un violentísimo tifón (que parecía no afectar a los observadores). Entre las olas inmensas aparecían restos de innumerables naves deshechas: pedazos de cascos de madera y destrozadas velas de colores brillantes.

—La costa norte de Kyūsū, en el país de Wa, o Nihon, si prefiere, o Japón. Año Kōan 3. Al centro, vestido con el kimono ritual está el emperador Go-Uda. Los tres observan la destrucción de la flota invasora china enviada por Kublai Kan (¡150 mil hombres y 4500 embarcaciones!) por efecto del Viento Divino, el Kamikaze.

—¿Usted me está diciendo que el Kamikaze fue un trabajo hecho por su empresa?

—Así es. Nos contrató el padre de Go-Uda, el emperador enclaustrado Kameyama y nos entrevistamos con él en el santuario de Ise. Fue un trabajo costoso. Debimos construir, ad hoc, un sistema de calentamiento por microondas de grandes masas de agua y llevamos un dispositivo de Leadley-Stuart para generación de presión por plasma, con los que afectamos la atmósfera hasta lograr las condiciones apropiadas para producir el tifón. Un trabajo nada barato.

E-Dos-Cero-Cero, de manera repentina, se puso de pie sobre su silla y comenzó a golpearse el pecho con ambos puños, mientras emitía un horripilante alarido. El señor Jota-Tres-Tres se paró con el terror dibujado en su cara y gritó, a su vez:

—¡Señor mío! ¡Por piedad! ¿Qué le pasa? ¡En cualquier momento me mata de un susto!

—Le ruego me disculpe —dijo E-Dos-Cero-Cero mientras se sentaba de nuevo, ahora desnudo por completo, salvo por una pequeñísima sunga de color rojo metalizado con el bordado de un diminuto dragón dorado—. Hace varios años que trabajo aquí y he ido y venido tantas veces desde el *Chróno dýo* al *Chróno éna* y viceversa que ahora soy uno de los tantos afectados por el *Crazy Horse Syndrome*: algún problema neurológico, aún no resuelto del todo, que afecta la corteza límbica y se ve agravado con el aumento en el número de transfronterizaciones. Se manifiesta con alteraciones involuntarias del sistema motor, como si fueran elaborados tics nerviosos, y como, además, tengo incorporado un transceptor neuronal que me permite interactuar con el entorno, éste se ve afectado también y de allí el cambio en las vestimentas del que usted es testigo. Le ruego que se abstraiga de ver estos movimientos tan, eh… desagradables que realizo.

E-Dos-Cero-Cero chasqueó otra vez sus dedos y apareció una nueva imagen que mostraba a un hindú de cara redonda con sus ojos cerrados y una sonrisa beatífica, vestido con una túnica roja, un hombro descubierto; sentado en la posición de loto con sus manos apoyadas en su regazo, pero a unos cincuenta centímetros por encima de las cabezas de tres sonrientes técnicos de la empresa. El olor que llegó hasta Jota-Tres-Tres era una mezcla de *patchouli* y *ahiphema*.

—Shiddartha Gautama, el Buda, levitando. Usamos una máquina cuántica de efecto extendido de Heim y, si se mira bien, sus ropas están confeccionadas con materiales diamagnéticos. Hemos hecho varios trabajos interesantes con este hombre.

Otro chasquido de dedos y la imagen cambió a la vista panorámica de una villa de casas de adobe y juncos, en pleno desierto, y dos palmeras raquíticas, azotadas por el viento. El cielo que mostraba la fotografía era aterrador: nubes negrísimas y terribles rayos de fuego que desdibujaban el horizonte. A Jota-

Tres-Tres lo golpeó el olor a azufre. En primer plano, dos técnicos de Milagros sociedad anónima abrazados y con sus pulgares en alto, en un gesto de «todo perfecto».

—¡Ah! —dijo Espinoza—. ¡El ensayo general de la tormenta de hielo y fuego! ¡La séptima de las diez plagas de Egipto! ¡Qué trabajos interesantes! Nos sirvieron para desarrollar y probar varias tecnologías experimentales. Aún estamos tratando de resolver el embrollo legal en que nos sumió la matanza de los primogénitos, pero (justo es reconocerlo), a veces, nuestro trabajo puede tener complicaciones ingratas. En el caso de esta tormenta, usamos un sinnúmero de efectos especiales. Acá, en la fotografía, se ve que calentamos la ionósfera con un generador HAARP de alta frecuencia, a lo que le sumamos pirotecnia, condensación de glicerol, napalm y otras cositas por el estilo —agregó, mirando a Jota-Tres-Tres—. Aunque hemos tenido nuestros pros y contras siempre ha sido edificante trabajar con este señor Moshé. Desde que le hablamos a través de la zarza ardiente hasta que le dimos las Tablas de la Ley. También con él hemos colaborado bastante.

Nuevo chasquido. La fotografía mostró a un hombre de gesto serio, con una larga y lacia cabellera rubia y una barba que le llegaba al pecho; vestido con una túnica blanca de lino, con ribetes dorados alrededor del cuello y las mangas. Era de una altura superior en una cabeza a la de los dos representantes de la empresa, que estaban parados, uno a cada lado del gigante y ambos con una sonrisa que al señor Jota-Tres-Tres se le antojó algo hipócrita. El que estaba a la derecha del hombre de la túnica le hacía cuernitos. Los tres estaban descalzos y parados sobre una cama de brasas ardientes. Jota-Tres-Tres sintió el olor de la leña encendida.

—Mannawydan ab Llyr, sacerdote druida de Ellan Vannin, la conocida Isla de Mann, en Irlanda, antes de la celebración de la festividad de Lugnasad, en el año de los cónsules Publio Valerio Publícola y Tito Lucrecio Tricipitino. ¡Por favor, no haga usted caso del idiota de Pizutti! ¡Mírelo, haciéndole cuernitos a un cliente! ¡Qué poco serio! Usamos, en los pies descalzos, una suela postiza de espuma elastomérica modificada, de color carne. ¡Cuántos se han quemado de manera espantosa tratando de imitarnos!

Otro chasquido, y mientras la imagen cambió, E-Dos-Cero-Cero se paró otra vez, se puso en posición de firmes mientras se le materializaba un taparrabos colorido, una chaqueta de motociclista con una calavera en el pecho y una gorra de policía, puesta al revés (uniforme de gala de la guardia personal de Rus Woizero el Décimo, regente de Etiopía a partir de 2180), levantó su brazo derecho un poco por arriba de sus ojos y gritó fuerte:

—¡*Heil*, Hitler!

El señor Jota-Tres-Tres, a pesar de estar esperando un nuevo tic por parte de E-Dos-Cero-Cero, se paró de forma involuntaria y llegó a levantar su mano para responder el saludo, pero se contuvo. Ambos se sentaron sin decir nada y miraron la imagen: un joven de no más de quince años que intentaba quitar una espada brillante enterrada en una roca hasta unos diez centímetros de la empuñadura. Un dejo a aromas de resinas del bosque.

—Lucius Artorius Castus —dijo E-Dos-Cero-Cero—. Que algunas órbitas después será prefecto de la Sexta Legión romana en Britannia y a quien la leyenda recuerda como el rey Arturo. La piedra está hecha de concreto reforzado con fibra de vidrio y oculta un potente mecanismo magnético, con imanes de boro-neodimio, accionado mediante control remoto por Lailoken de Strathclyde, empleado local nuestro. ¿Lo ve parado allí atrás, calvo y sin cejas? Pasó a la leyenda como Merlín, el mago.

Chasquido. Una ciudad de los tiempos bíblicos, ardiendo. Un sofocante olor a humo.

—Sodoma. ¿Conoce usted la historia, no? Allí atrás están los ángeles que, como se dará cuenta por su cabeza calva, son empleados de Milagros sociedad anónima ¡Qué mal la pasaron los pobres! Mc Clusky, el más flaco de los dos (ese de allí, ¿lo ve?), fue, efectivamente, violado por, al menos, diez sodomitas. El otro se salvó de, valga la redundancia, milagro. La ciudad se destruyó de manera natural, porque estaba asentada sobre un afloramiento de petróleo muy volátil e inestable. Solo pudimos rescatar a Lot y su familia. Su esposa, con la que él se llevaba muy mal, es una empleada jerárquica nuestra. Justificamos su desaparición cambiándola por una estatua suya hecha de una roca sedimentaria denominada halita que es, ni más ni menos, cloruro de sodio. Un toque poético.

Chasquido. Un monje tibetano frente a su duplicado exacto.

—Un maestro de de la escuela Rnying ma pa practicando la bilocación. Usamos una máquina de movimiento cuántico puro, con la que logramos poner a un objeto (en este caso el monje) en dos estados a la vez.

Otro chasquido.

—¡Está bien! ¡Está bien! —dijo el señor Jota-Tres-Tres—. Entiendo muy bien el punto que quiere demostrar y solo tengo palabras de asombro. ¿Ustedes están detrás de todos los fenómenos milagrosos?

Espinoza soltó otra carcajada.

—¡No, *my friend*! En todas las épocas hemos tenido gente que nos ha querido hacer la competencia. Burdos imitadores encerrados en sus tiempos y en sus burbujas tecnológicas de escaso valor. Infinidad de charlatanes, curanderos, gurús, magos… Incluso algunos lo han hecho tan bien que ahora trabajan aquí. No, no. Por otra parte, los milagros son la manifestación visible de nuestro trabajo, pero el milagro en sí mismo es intrascendente. Es una argucia, un medio que nos permite llevar adelante el *work plan* consensuado con el cliente y obtener el resultado esperado. Partimos de una *work's basic idea*, a veces propuesta por el *customer* (como es su caso), y, en otras oportunidades, desarrollada por nosotros, que pasa por infinitos filtros dentro de la empresa. El proceso de selección de proyectos es muy exhaustivo (usted ya conoce algo de esto). En nuestros departamentos evaluamos, de forma puntillosa, todas las implicancias en *Chróno éna* para la época afectada y las venideras. Todo, por supuesto, a cambio de un módico beneficio. Usted logra su propósito y nosotros el nuestro.

—Pero no tengo nada con qué pagarles.

—Mi amigo, se habrá dado usted cuenta que Milagros sociedad anónima es una empresa bastante especial y, de alguna manera, somos afectos al trueque. Acabo de mencionarle que, en otras palabras, nuestra mutua colaboración debe ser fructífera para ambos, aunque su beneficio y el nuestro sean de distintas especies.

Mientras decía esto, E-Dos-Cero-Cero se levantó de su asiento y se paró al lado del escritorio. Cambió sus ropas a una armadura alemana del imperio Carolingio, puso sus piernas juntas y rígidas, los pies separados 180 grados; los brazos también duros, pegados a su torso y las manos, con las palmas hacia abajo, en ángulo recto con su cuerpo. Dio una vuelta en redondo imitando a un pingüino y se volvió a sentar a la vez que continuaba hablando:

—En su presentación, usted nos dice que le interesa, de manera muy especial, generar ciertos cambios sociales y eh… emocionales en su comunidad y no espera obtener lucro alguno. En tanto que nosotros, y, le soy muy franco, ya hemos llegado a la conclusión de que veremos los frutos de nuestra inversión mucho después de que usted se haya ido, si sabe a lo que me refiero. De prosperar su *bussiness idea*, quienes vengan detrás suyo nos harán *inmensamente ricos* —y volvió a remarcar el final de su alocución golpeando el escritorio con su dedo índice.

—Para serle franco —dijo Jota-Tres-Tres—, tengo muchos temores respecto a mi plan…

—¡Infundados, *meu amigo*! Tenemos mucha fe en su *proyect* y hemos evaluado muy a fondo su *bussiness plan*. Claro está que tenemos algunas sugerencias de *management* y algunas ideas sobre *marketing* que consideramos imprescindibles. Creemos que hay algunos errores en el análisis FODA y nos atrevemos a modificar algunas consideraciones sobre *human resources* y *sales efforts*. También le sugerimos cambiar algunos *collaborators*, además de darle algunos consejos para optimizar el área de *customer communications* y mejorar el *merchandising*. Los lineamientos generales están muy bien y han sido aprobados por el Consejo Directivo. De forma oficial, le comunico que trabajaremos junto a usted haciendo la historia, solo falta que usted nos diga con qué milagro empezamos.

—Está bien, licenciado E-Dos-Cero-Cero…

—¡Oh, por favor! ¡A esta altura de nuestra negociación y, habiéndonos puesto de acuerdo, podemos abandonar los códigos (tan necesarios para preservarnos —usted y nosotros— del *industrial espionage* que tanto nos ha afectado en ocasiones). Por favor, llámeme Diego. Fui bautizado con el nombre de Diego Domingo de Espinoza y García, nacido en Segovia, España, en el 1610, Era hispánica. ¿Y su nombre de pila es…?

—Yeshua. Yeshua bar Yosef bar Eli bar Mattat bar Leví, nacido en Bêt-lé-em de Judea en el año vigésimo séptimo del imperio de César Augusto. Ahora bien, el caso es que mi familia ha sido invitada a una celebración de esponsales en la villa de Caná de Galilea y mi madre —bendita sea, no sé de dónde ha sacado la idea— me ha pedido que transforme ciertas vasijas de agua en vino y no sé cómo hacerlo…

Los griegos: ¿padres de la ciencia ficción?

Valeria Rodríguez

> Tú te burlas claramente de mí hace rato, y no me sorprende que mi extraña narración te parezca una fábula. Sin embargo, no necesité para mi ascensión una escalera, ni convertirme en favorito del águila, pues tenía mis propias alas.
>
> LUCIANO DE SAMÓSATA (*Icaromenipo*)

A menudo pensamos, generalmente, gracias a la difusión de sus obras, que Julio Verne o H.G. Wells son los padres de la ciencia ficción, pero ya en Grecia algunos autores volaban a través de sus palabras a planetas inexplorados o conocían razas extrañas que describían con gran maestría y entusiasmo.

En el *Icaromenipo*, de Luciano de Samósata, se produce un diálogo entre el filósofo Menipo de Gadara y un amigo. Menipo, personaje cínico habitual en sus sátiras, consigue volar hacia el cielo, con un ala de águila y otra de buitre desde el monte Olimpo. El objetivo, cuando no, era encontrarse con Zeus para interrogarle sobre la auténtica verdad. La travesía comienza entonces por la Luna, habitada por espíritus, desde donde divisa perfectamente la Tierra a sus pies. Después continúa hasta dejar atrás el Sol y acercarse a su destino. El viaje se prolonga hasta que los dioses, enojados por su osadía, le arrebatan las alas.

Luciano y un grupo de aventureros se embarcan en una travesía hacia poniente en *Historias verdaderas*. Navegan tranquilamente hasta que un tifón deja sin rumbo el barco que entonces traspasa las columnas de Heracles, límites del mundo conocido según los griegos de la antigüedad. Allí da inicio a la descripción de toda clase de maravillas, como cuando llegan a una isla cuyos ríos son de vino y en la que las vides son mujeres-árboles.

La nave fue empujada por los aires a raíz de un fuerte viento y arrastrada durante ocho días hasta que llegan a un gran país, como una isla. Se trata de la Luna. Esta vez, hombres cabalgan animales enormes; hay gigantes que luchan entre sí, criaturas de corcho y otros que lloran leche y sudan miel; algunos parecidos al minotauro y brujas con patas de asno; países donde viven lámparas que representan el alma de cada ser humano; una ballena con un bosque en su interior.

Se produce una guerra entre los habitantes de la Luna y los del Sol. Faetón, cuyo padre era el rey Sol, cuenta entre sus filas, por ejemplo, a gigantescas bestias aladas y mosquitos aéreos.

El Sol resulta vencedor de la batalla y entonces se firma un tratado de paz. Luciano detalla algunas de las extrañas cosas propias de la vida en la Luna antes de embarcar de nuevo y volver a los océanos terrestres. El viaje no se prolonga hacia el espacio exterior, más allá de la Tierra y el Sol, cuerpos celestes que parecen estar al alcance de la Tierra, puesto que hacerlo sería entrar en el mundo de los dioses y faltarles el respeto, lo que, seguramente, conllevaría hacia funestas e imprevistas consecuencias. No, nadie se arriesgaría tanto.

Todavía deberán enfrentarse a ballenas de cientos de kilómetros de largo en cuyo interior vivirán dos años, islas en las que la leche fluye como agua, tierras habitadas por extraños seres mitológicos o ilustres personajes históricos ya fallecidos, marinos que navegan tendidos sobre sus espaldas utilizando sus penes erectos como mástiles...

Es necesario interpretar estos dos textos de Luciano, entonces, en el universo de su amplia obra: más de ochenta títulos, muchos de los cuales versan sobre aventuras extraordinarias, ya sea en tono paródico o simplemente fantástico, aunque solo estos dos mencionan viajes a la Luna.

Pensar en éstas obras como pertenecientes al género de la ciencia ficción no sería tan extraño si tenemos en cuenta que el autor se sirve de la ciencia para diseñar tierras, continentes alternativos y artilugios; la continua referencia a aspectos geográficos, zoológicos, astronómicos y antropológicos responden a cierta inquietud científica, eso sí, ridiculizada a grado máximo a través de la parodia. Sin embargo, encontraremos allí narrados los viajes al espacio, encuentros con criaturas extraterrestres, mundos que funcionan de acuerdo a unas leyes físicas alternativas.

Como cuando Menipo en *Icaromenipo* o *Por encima de las nubes* refiere a su amigo acerca de las teorías acerca de lo finito e infinito que discutían los filósofos de la época:

«…pues una parte de ellos circunscribe el universo en límites, mientras otros entienden que es ilimitado; y no solo eso, sino que sostenían que existen muchos otros mundos, y atacaban a quienes se expresan como si hubiera uno solo. Otro, que no era precisamente un varón pacífico, opinaba que la guerra es el padre del universo.»

Ciertamente, la ciencia ficción tan cercana a la filosofía en tratar de responder mediante la ficción a las preguntas que desde siempre se hace la humanidad: ¿qué futuro nos espera?, ¿qué nuevos avances científicos se producirán y Ciertamente, la ciencia ficción se relaciona mucho con la filosofía, mediante la ficción, al momento de responder a las preguntas que desde siempre se hace la humanidad: ¿qué futuro nos espera?, ¿qué consecuencias traerán para nuestra sociedad?, ¿llegaremos a conocer otros planetas habitados?, ¿serán amigables sus habitantes o, por el contrario, acabarán con nosotros? Como Luciano, como Menipo y los pensadores de la antigua Grecia, aún seguimos buscando respuestas, describiendo y creando esos mundos, cada vez más cercanos, cada vez más infinitos…

La columna del editor

Víctor Grippoli

El proyecto de Editorial Solaris nació como una necesidad. Tal vez este sea el primer producto que venga de nosotros. Por ello, me permito volver con el tema. En nuestro continente nos encontrábamos con un vacío de libros de terror, ciencia ficción, fantasía, poesía especulativa, por citar algunos. Hubo contados intentos, unos muy buenos y otros no tanto, pero no había un desarrollo verdadero, constante y de calidad. Con la historieta uruguaya sucedió lo mismo y con la argentina vimos desaparecer a los miembros de la edad de oro. ¿Cuál fue el logro de aquellos Robin Wood, Barreiro, Alcatena? por citar ejemplos. No quisieron copiar ni los estilos de dibujo ni los guiones extranjeros. Buscaron su senda específica con guiones e ilustraciones de primera. Desde nuestra búsqueda literaria hispanoamericana tenemos que seguir esa senda, no importan los guiones ni el tipo de historia proveniente de las tierras lejanas. Debemos buscar eso que difiere de los demás. No por originalidad, sino por seguridad en nosotros mismos.

Como decía, esto surgió por necesidad. Al no poder llegar por otras vías hubo que hacerlas de cero. Parece demencial, pero mientras tengamos fuerzas seguiremos en esta senda: con libros digitales gratuitos por la plataforma Lektu, por Amazon y sus envíos a todo el mundo en papel y *e-books*, así como con las ediciones físicas que estamos comercializando. Es un proyecto ambicioso, pero en estas dificultades se forma el carácter. Ambicioso en contenidos y ambicioso hasta en la obra en sí. El primer número de la revista *Líneas de cambio* contiene un relato titulado «Líneas de cambio». En él presento a Arón y su peripecia con las Líneas. Es autoconclusivo, pero nuestro caballero de armadura roja regresa con una nueva aventura en esta antología de autores de Latinoamérica. Hay una continuidad explícita entre la revista y el libro antología. Y si al lector le interesa buscará esa relación, no solo de estos dos relatos, sino de algunos autores que han sido elegidos por su talento para aparecer en estas primeras dos entregas. Verá sus diferencias y como logran plasmar sus ideas de diversas formas. También conocerá nuevas incorporaciones que le otorgan diversidad al volumen.

Ahora, otra pregunta que muchos se han realizado es: ¿Por qué ambas publicaciones incluyen artículos? ¿Cómo es esto posible en un libro fantástico? Como oportunidad nos parece vital, ya que no solo se divulga un valor literario con los relatos o poemas, tenemos una investigación, se llega al lector con temas que tal vez ignore o que no le interesaban. A través de este desarrollo se deja el germen de una idea que puede ser que tome forma en búsquedas personales del que lee esta obra. Antes se abordó la génesis de la literatura especulativa, ahora la idea del mito griego como literatura de ciencia ficción. ¿Es una idea descabellada? Para nada. Numerosos autores han trabajado en el desarrollo de esta. En el libro proveniente de la India, el *Samaranagana Sutradhara* contiene un párrafo donde seres del remoto pasado volaban por el aire en naves cósmicas y los habitantes del cielo subían y bajaban del firmamento. Las escuelas se pelean entre las definiciones de textos hindúes: nos encontramos a los partidarios de los antiguos astronautas y a los escépticos, pero, a pesar de que el primer bando ha cometido muchos errores y ha manipulado información numerosas veces, las pruebas son demasiadas. Sin duda no hubo seres del cosmos como razón de cada evento del desarrollo humano, pero se transforma en ineludible el admitir que otras razas llegaron a este punto azul en la antigüedad.

Zaitzev, el conocido filólogo de la Academia de Ciencias de Bielorrusia fue uno de los primeros en agitar el avispero. Es interesante darse cuenta de que la teoría de visitantes extraterrestres era manejada con mucha naturalidad del otro lado de la Cortina de Hierro y hasta Gagarin y sus amigos iban a congresos de ufología. Pero sigamos con Zaitzev:

«Mis deducciones —escribe en la revista soviética Niemen— se basan en una idea expresada hace cuarenta años por Nikolai Rimin, amigo y discípulo de Konstantin Tsiolkovsky, el hombre que delineó los principios de la construcción de misiles espaciales y de viajes cósmicos a principios de nuestro siglo».

Aparte de Zaitzev y el amigo del padre de la astronáutica, Matest Agrest, un profesor soviético inspirador de toda esta teoría en 1959 dice:

«A los primitivos habitantes de nuestro planeta los visitantes cósmicos les debieron parecer provistos de un poder sobrenatural. Si presumimos que estos dioses salieron de una máquina (una astronave), ello nos induce a pensar que se hubieran construido templos parecidos a aquella en la forma y los templos son propios a todas las religiones y todos los cultos».

Vemos como grandes científicos ya tocaban el tema mucho antes que Erich Von Däniken y algunos discípulos que en la televisión por cable vemos cada día. No podemos negar que han dado visibilidad, tanto de la buena como de la mala, a lo que promulgaban décadas atrás los sucesores de Konstantin, el profesor autodidacta parcialmente sordo que ideó babeles estelares, diseño giroscopios, máquinas de combustión, previó que el hombre debe abandonar la cuna que es la Tierra, solo por citar algunas de las cosas brillantes que nos dio ese hombre que es un mentor para todos nosotros.

Ahora… ¿Conocías a Konstantin? ¿Conocías la verdadera génesis de muchas de las teorías de los antiguos astronautas? ¿Conocías la idea del desarrollo griego? Tal vez, entonces, te interese investigar el desarrollo de los autómatas en la antigua Grecia…

«El filósofo y astrónomo Arquitas de Tarento, contemporáneo de Platón, construyó un ave de madera accionada con vapor. Algo más sofisticados fueron los ingenios desarrollados por Apolonio de Pérgamo y Ctesibio de Alejandría, pues inventaron autómatas musicales y, en el caso del segundo, un reloj de agua o clepsidra más preciso que cualquiera de los creados hasta la aparición del reloj de péndulo, inventado por el físico holandés Christiaan Huygens (1629-1695). Mención aparte merece Herón de Alejandría, considerado uno de los científicos más importantes de la antigüedad. Este matemático desarrolló numerosos inventos de los que dejó constancia escrita en *Neumática,* seguramente el primer libro sobre robótica de la historia. Entre otros artilugios pasmosamente modernos, Herón de Alejandría describe pájaros que volaban y gorjeaban y diversos modelos de estatuas que imitaban el comportamiento humano o, más exactamente, el de los esclavos, pues la mayoría se construyeron para servir vino y comida durante los banquetes».

Tomo esto de la querida revista *Año Cero* número 297 que, sin duda, en sus páginas pasaron muchos errores, pero también muchas brillantes investigaciones. Me despido. Y sigan investigando.

Biodatas

Víctor Miguel Grippoli (Montevideo, 1983): artista plástico, docente y escritor. Participa en la antología *Cuentos Ocultistas* (Editorial Cthulhu, 2016), revista *Letras y Demonios* número 1 (2016), revista *Letras y Demonios* número 2, 4, 5 (2017, 2018), *Nictofilia* número 2 (2017), *Nictofilia* número 3 (2018), antología *Horror bizarro* (Editorial Cthulhu, 2017), antología *Horror queer* (Editorial Cthulhu, 2018). Libros digitales y físicos: antología poética (Editorial Solaris, 2018), *Entre las lágrimas de acero* (Editorial Solaris, 2018), *Laberinto de posibilidades* (Editorial Solaris, 2018), *Puertas del infinito* volumen 1, 2, 3 (Editorial Solaris, 2018), *Los conectores de dios* (Editorial autores de Argentina, 2016, Editorial Solaris, 2018), *Sombras* (Editorial Solaris, 2018) *El monstruo era el humano* (Editorial Cthulhu, 2018), revista literaria *Luna* (antología de ciencia ficción).

Valeria Rodríguez (Uruguay): licenciada en Letras, cursando la Maestría en Ciencias Humanas, especialización en Literatura Latinoamericana. Publicaciones de poesía en las revistas *Stone telling* y *Star line* (en inglés); en la antología *LAIA* (Nueva York), antología *Metalenguaje* (Chile), *Zonapoema* (Uruguay). En narrativa, *La maldición Waite, Cuentos de la Montaña Errante* (Fin de Siglo), *Transamérica* (Editorial Solaris, 2018), *Obsolescencia programada de los prodigios y otros poemas* (Editorial Solaris, 2018), revista *Líneas de cambio* número 1 (2018)

Joaquín Ayala (Uruguay): diseñador gráfico, pintor, ilustrador. Estudiante de la Escuela Nacional de Bellas Artes. Publica en revista *Líneas de cambio* número 1 (2018).

Poldark Mego (Lima, Perú, 1985): licenciado en Psicología. Relatos en las siguientes antologías: *Literal* (2017), *Maleza* (2017), *Lima en letras* (2018), *Es cupido* (2018), *Un mundo bestial* (2018), *Cuentos peruanos sobre objetos malditos* (2018), *Terror en la mar* (2018), *Un San Valentín oscuro* (2018), *Cuenta artes* (2018), *El narratorio* (2018), *Cerdofilia* (2018). Miembro del taller de escritura creativa Lima. Revista *Líneas de cambio* número 1 (2018).

Cinthya Sarahi Díaz Núñez (México, 20 años): ha publicado relatos en la gaceta de la Universidad Obrera de México, también en la revista digital *Letras y demonios*, en la revista *Miseria*, en la antología *Cerdofilia* (Editorial Cthulhu) y próximamente en *El foco del poeta*. Revista *Líneas de cambio* número 1 (2018).

Rodrigo Martinot (Lima, 1998): Publicaciones: *Acompañado* en la antología digital *San Valentín Oscuro* (2018), *Un regalo a mamá* en la antología *Sin vientre* (2018) de la revista digital *Aeternum* N° 1, *Rigor Mortis* en la revista literaria digital *El narratorio* N° 28 (2018), *Incursión en las montañas* revista literaria digital *Ibídem* N° 1 (2018), *Un juego de luces* en *Onomatopeyas* la antología de microrelatos N° 3 de historias Pulp y *El juicio de Grau* en la antología *Héroes y santos* (2018) de la revista digital *Aeternum* N° 2.

Daniel Frini (Berrotarán, Córdoba, Argentina, 1963): Es Ingeniero Mecánico Electricista de profesión, escritor y artista visual. Ha publicado en varias revistas virtuales y en papel, en blogs y en antologías de Argentina, España, México, Colombia, Chile, Perú y, además, ha traducido y publicado en Italia, Portugal, Brasil, Francia, Estados Unidos, Canadá, Uzbekistán y Hungría. Publicó *Poemas de Adriana* (Libros en Red, Buenos

Aires, 2000 / Artilugio Ediciones, Buenos Aires 2017), *Manual de autoayuda para fantasmas* (Editorial Micópolis, Lima, Perú, 2015) y *El Diluvio Universal y otros efectos especiales* (Eppursimuove Ediciones, Buenos Aires, 2016). Ha obtenido, entre otros reconocimientos, el Premio Internacional de Monólogo Teatral Hiperbreve 'Garzón Céspedes' (2009, Madrid / México D. F.); Premio 'La oveja negra' (2009, Buenos Aires, Argentina), Premio 'El dinosaurio' (2010, Colombia), Premio IX Certamen Internacional de Poesía (2011, España), Premio I Certamen Internacional de Relato Corto Nouvelle (2017, España) y el Místico Literario del festival Algeciras Fantastika 2017 (España).

Juan Pablo Goñi Capurro (Argentina, 1966): Escritor, autor y dramaturgo. Publicó: *La mano* y *A la vuelta del bar* (2017), *Bollos de papel* (2016), *La puerta de Sierras Bayas*, (USA 2014). *Mercancía sin retorno, La Verónica cartonera. Alejandra* y *Amores, utopías y turbulencias* (2002). Premio Novela Corta con *La Verónica cartonera* (España, 2015). Colaborador en *Solo novela negra* (relatos). Ha publicado en revistas como *Nomastique, Letras y demonios, Awen, Rendar, La sirena varada, El narratorio, Visor, Nictofilia* y otras de Hispanoamérica. Estrenos: *Por la patria, mi general, Vivir con miedo, Una de vampiros y salame* (Argentina), *Bajo la sotana* (México), *Caza de plagas* (Chile), *Si no estuvieras tú, El cañón de la colina* (España).

Israel Montalvo (México): Obras publicadas: *Momentos en el tiempo* (novela gráfica), *Abel en la cruz* (novela corta).

Jesús Guerra Medina (México, 23 años): Es licenciado en Psicología. Ha publicado su relato *Cavernario* en el primer número digital de la revista *Líneas de cambio* (2018), *Mutador S. A.* en el primer número de la revista digital *Ibídem* (2018), *Ame, reptilius* en la antología *Mar crepuscular* (2018). Su microrelato *Ficciones* quedó finalista en el concurso internacional Sweekstars 2017 en la plataforma Sweek. Su microrelato *El disfraz* quedó finalista en la ronda de junio del concurso mensual de microrelatos en la plataforma Sweek (2018).